Collection
PASSION

Dans la même collection

171. Iris Johansen, *York l'aventurier.*
172. Fayrene Preston, *Burt le mystérieux.*
173. Joan Elliott Pickart, *Secrets d'automne.*
174. Barbara Boswell, *L'amour à la une.*
175. Adrienne Staff et Sally Goldenbaum, *Le solitaire de l'oasis.*
176. Marianne Shock, *Les héritiers.*
177. Nancy Holder, *Les yeux d'émeraude.*
178. Eugenia Riley, *Le cœur a toujours raison.*
179. Kimberli Wagner, *Exposé.*
180. Linda Cajio, *Chevalier à la rose.*
181. Patt Bucheister, *Le pique-nique des ours.*
182. Billie Green, *L'amour en fête.*
183. Barbara Boswell, *De surprise en surprise.*
184. Susan Richardson, *Concerto pour un ange.*
185. Becky Lee Weyrich, *Mon amour, mon Euphorie.*
186. Kay Hooper, *Les filets de Séréna.*
187. Barbara Boswell, *Un homme à marier.*
188. Lay Hooper, *Le vol de la mésange.*
189. Hertha Schulze, *Un projet en or.*
190. Glenna McReynolds, *Parole de scout.*
191. Joan Bramsch, *Mon nom est Madison.*
192. Linda Capo, *Au secours de Diana.*
193. Patt Bucheister, *Parfum de scandale.*
194. Susan Richardson, *Automne à San Francisco.*
195. Glenna McReynolds, *Voleurs dans la nuit.*
196. Sally Goldenbaum, *Le grand jeu du destin.*
197. Kathleen Downes, *Un soir à Paris.*
198. Olivia et Ken Harper, *Duo pour un trésor.*
199. Billie Green, *Jessica joue et gagne.*
200. Kay Hooper, *La femme de Rafferty.*
201. Charlotte Hughes, *Le hold-up de Maribeth.*
202. Linda Hampton, *Le dompteur des arcs-en-ciel.*
203. Sally Goldenbaum, *Le baron.*
204. Linda Cajio, *Double contrat.*
205. Kay Hooper, *La loi de Stelle.*
206. Patt Bucheister, *Les deux routes.*
207. Judy Gill, *Une ravissante voisine.*
208. Kay Hooper, *La chute de Lucas.*
209. Barbara Baswell, *Qui perd gagne.*
210. Barbara Baswell, *Secrets partagés.*
211. Fran Baker, *La veuve et l'or noir.*
212. Susan Richardson, *La nuit des cajuns.*
213. Charlotte Hughes, *L'homme qui voyageait.*
214. Barbara Baswell, *Détails intimes.*
215. Deborah Smith, *La vengeance de Jed.*
216. Kay Hooper, *Kelsey aux cent visages.*
217. Linda Cajio, *Un fil de soie.*
218. Janet Bieber, *Si on recommençait.*
219. Patt Bucheister, *Fortune irlandaise.*
220. Kay Hooper, *Le miroir brisé.*

JANET EVANOVICH

LE DERNIER ACTE

PRESSES DE LA CITÉ
PARIS

Titre original :
THE GRAND FINALE

Première édition publiée par Bantam Books, Inc., New York, dans la collection Loveswept ®. Loveswept est une marque déposée de Bantam Books, Inc.

Traduction française de Marcel Bleu

ISBN : 2-258-02689-X

1

BERMA Knudsen ralentit et gara sa vieille Jeep le long du trottoir. Tout en serrant le frein à main, elle examina l'unique boîte à lettres de l'impasse, à la recherche d'un nom ou d'un numéro, mais en vain. Scrutant l'obscurité, elle relut l'adresse inscrite sur la grande boîte à pizza posée sur le siège du passager, à côté d'elle : 5077, allée Ellenburg. Ce ne pouvait être que là. De toute façon, c'était la seule maison à cinq cents mètres à la ronde. Berma posa le front contre le volant en grognant. La dernière livraison de la journée, et il fallait qu'on lui pose un lapin... en tout cas, ça en avait tout l'air!

La lune blanche brillait par intermittence derrière les nuages rapides, jetant ses feux argentés sur la haute maison victorienne. Le grand chêne montant la garde par-dessus le toit et la plainte du vent dans les branches rappelèrent à Berma de sombres histoires.

« Jack l'éventreur se serait senti parfaitement à l'aise dans ce décor. »

Aucune lumière, aucune voiture garée devant

la maison... Elle balaya d'un geste impatient ses courtes mèches blondes.

« Je suis ridicule, pensa-t-elle. Comment peut-on se laisser aller à de pareilles sornettes? »

En fait, la situation était très simple : M. pizza-spéciale-géante était probablement quelque part en train de s'acheter un pack de bières, comme cela arrivait sans arrêt. La jeune fille n'avait qu'à tourner la clé de contact, faire demi-tour et rentrer chez elle! Soudain, Berma tressaillit, alarmée par un petit son aigu qui lui fit se dresser les cheveux sur la tête. Cela avait crissé, quelque part, là-bas, vers le grand chêne. Quand le crissement se reproduisit, Berma ferma les yeux et poussa un soupir de soulagement. Ce n'était que le miaulement d'un chaton faible et craintif. L'animal se plaignit encore et Berma sut que c'en était fait de son retour à la maison.

Toujours la même chose! Elle ne pouvait pas s'en empêcher : qu'un chien perdu traverse la rue devant elle, qu'un oiseau tombe du nid à ses pieds et Berma serait toujours là pour le recueillir! La pizza à la main, traversant la pelouse, elle se consola en s'apercevant que la maison, quand on s'en approchait, avait un air plutôt pimpant. La peinture de la façade était visiblement récente. Il n'y avait pas de rideaux aux fenêtres, mais les vitres étaient propres et l'intérieur soigné.

– Petit petit petit, appella doucement Berma.

– Miaaoou.

Elle leva la tête et se mordit la lèvre inférieure. En haut du chêne, le petit chat remuait la queue gracieusement en regardant Berma marcher vers lui. La fourrure de l'animal se hérissa sous la force d'un coup de vent qui le fit s'amarrer de plus belle aux branchages. Berma retint son souffle et le chat retrouva son équilibre. Elle posa rapidement le carton blanc à terre, se préparant à grimper.

« Moi qui croyais en avoir fini avec les bonnes actions, cette semaine. »

– Ne bouge pas...

Prenant son élan, elle attrapa une branche et se hissa rapidement, comme un vrai garçon manqué. En cours de progression, elle s'arrêta un instant sur une branche fourche. Le chaton la regardait en clignant des yeux. Elle lui sourit et prenant une grande respiration, renversa la tête vers les étoiles. Comme tout le monde était beau vu de cet arbre! Une brise légère soufflait entre les branches et ses mêches blondes lui battaient le front. Elle découvrit le paysage sous un angle inattendu, le petit pont, au bas de l'allée et, au-delà, les lumières de la cité. Berma regarda un instant ce spectacle, silencieuse, fascinée.

Après avoir franchi la rivière, des phares montaient la route abrupte et sinueuse, se dirigeant vers la maison. Quelques secondes plus tard, la jeune fille fut tirée de sa rêverie par le chuintement de la voiture, un bruit luxueux, émergeant du silence de la nuit.

« Oh, mon Dieu, se dit-elle en prenant conscience de la situation, monsieur Pizza rentre à la maison, et moi je suis toujours perchée dans son arbre préféré! »

La voiture se rangea face au garage. C'était un

coupé Cadillac beige, avec une capote brune et des roues à rayons, une voiture de collection parfaitement restaurée. La remise s'ouvrit automatiquement, la voiture fut aspirée et les portes se refermèrent rapidement derrière elle, replongeant Berma et le petit chat dans l'obscurité. La jeune femme laissa échapper un sifflement.

– Impressionnant, confia-t-elle au chat. Dommage... Avec une voiture pareille, c'est probablement un gangster.

Elle imagina un Quasimodo coiffé d'un panama à large bord et cette pensée la fit sourire. Le carton blanc, en bas de l'arbre! Quasimodo devait avoir faim. Elle prit la petite boule de poils sous son bras et regarda vers le bas – c'était plus haut qu'elle ne l'aurait cru!

– Ne t'en fais pas, tout ira bien...

A ce moment-là, une pièce s'illumina, juste devant elle. C'était la chambre de Quasimodo. Berma était aux premières loges pour admirer celui auquel elle avait un peu trop vite donné ce surnom..., un homme magnifique de plus d'un mètre quatre-vingts, aux épaules larges, aux hanches minces et aux cheveux noirs et bouclés. Il jeta un livre sur son lit et commença à déboutonner son col. Machinalement, Berma tendit le cou vers la fenêtre. L'homme retira sa chemise et la rangea sur le dos d'une chaise. Berma ferma les yeux une seconde et avala sa salive.

« Pour sûr, il n'est pas bossu. »

– Mon Dieu, il va enlever son pantalon.

Elle se sentit rougir des pieds à la tête.

« Il faut que je descende. » Tout en cherchant

une prise, au-dessous, elle s'efforçait de ne plus regarder vers la fenêtre. D'ailleurs, cet homme était du genre qui attire sur vous les coups du sort. Berma l'avait bien senti à la tourmente qui agitait son propre corps, rien qu'à le voir retirer sa chemise, et cela sans même le connaître.

Mais il y avait plus dans cet inconnu qu'une silhouette gracieuse et élancée : quelque chose d'insaisissable, comme le signe d'une personnalité positive, un peu contredite par l'espièglerie de ses yeux noirs, et qui avait frappé Berma. Elle ne put s'empêcher de regarder une fois de plus vers la fenêtre – les pouces de l'homme attrapaient l'élastique de son caleçon. Il le firent rapidement glisser le long de ses jambes, avant même que Berma pût se poser la question de savoir si elle détournerait ou non le regard : oubliant sa position, elle se couvrit le visage et, perdant l'équilibre, chut lamentablement au bas de l'arbre en poussant un grand cri.

Longtemps, allongée sur le dos, impuissante, Berma regarda des points noirs danser dans le ciel rouge, jusqu'à ce que, s'organisant autour de deux grands yeux, ils finissent par former l'image d'un visage masculin à l'air inquiet, penché vers elle et qui la regardait.

– Suis-je morte?

– Non, pas encore.

– Je me sens comme morte. Mon dos est tout chaud et ça colle. Je saigne.

L'homme jeta un coup d'œil rapide par-dessus l'épaule de Berma, puis il revint à ses yeux.

– Je ne vois pas de sang, juste de la sauce tomate qui s'échappe d'une boîte en carton.

Il l'aida à se redresser et souleva la boîte par un des coins, en grimaçant.

– Ma pizza?

Berma hocha la tête distraitement, tout à son soulagement de le voir habillé d'un jean et d'un polo délavés.

– Je vous ai entendue vous écraser, et je suis sorti pour voir s'il y avait des survivants. Je suis heureux de voir que oui, dit-il en regardant le carton dégoulinant de pizza d'un air dégoûté. Que vous est-il arrivé?

Il laissa retomber le carton et, se rapprochant de Berma, il pêcha un morceau d'écorce coincé dans sa courte chevelure blonde. La jeune fille se taisait toujours. Il contemplait sa prise nichée dans le creux de sa main.

– Vous étiez dans l'arbre.

Il se tut un instant puis, la regardant à nouveau :

– Ce n'est pas possible! Vous étiez montée sur cet arbre pour me voir me déshabiller... Vous n'avez donc jamais vu un homme nu?

Berma rougit jusqu'à la racine des cheveux.

– Si. Des tas! répondit-elle un peu vite.

– Vraiment?

Ses sourcils froncés exprimaient un grand intérêt. Très gênée, Berma se releva et tenta d'essuyer son pantalon. Puis elle jeta les bras en l'air, furieuse de cette situation.

– En ce moment, j'ai autre chose à penser que de grimper aux arbres pour espionner des hommes! J'ai une affaire : je fabrique des pizzas. J'ai trois vieilles dames qui m'attendent à la maison, et... De toute façon vous vous trompez complètement. J'essayais de sauver un chat.

Ils regardèrent vers le haut de l'arbre. Pas de chat.

– Il y avait un chat, là, dit-elle en désignant les fourches du doigt.

– Ah bon?

Ce gros plein de soupe ne la croyait pas! Elle le toisa d'un regard dédaigneux, ramassa le carton écrasé et le lui tendit.

– Votre pizza. Douze dollars et quatre-vingt-quinze cents, s'il vous plaît.

La mâchoire de l'incrédule se décrocha si brutalement que Berma, consciente de son exagération, rougit une nouvelle fois.

– Bon, bien, d'accord, alors pour cette fois, c'est gratuit.

Il prit la boîte et la regarda, déçu. Quant à elle, Berma ne pouvait détacher son regard de sa bouche dont les coins semblaient seuls se relever. La plus belle bouche qu'elle ait jamais vue...

– Alors... Est-ce que vous allez m'embrasser? demanda-t-elle.

– Ah, ça non!

De petites rides malicieuses ornèrent le coin de ses yeux.

– Vous regardiez... ma bouche?

– C'est une très jolie bouche, balbutia-t-elle.

Berma ne sut que faire pendant un instant, tant il la déshabillait du regard, de bas en haut, longuement.

– Et c'est à vous, cette vieille Jeep pourrie?

– Comment ça, pourrie? Elle est en parfait état!

Comme par un fait exprès, un bruit de câble rompu claqua dans l'air, et il se tournèrent vers la voiture de Berma qui commençait à redescendre la côte, seule, à reculons. La jeune fille fut si surprise qu'elle resta un instant comme paralysée, avant de se mettre enfin à courir vers son auto.

– Ma Jeep! cria-t-elle en traversant la pelouse.

Berma courait aussi vite qu'elle le pouvait, se rapprochant de moins en moins sensiblement de la voiture à mesure que celle-ci prenait de la vitesse. Un regain d'efforts et elle parvint à effleurer enfin la poignée de la portière. Mais la jeune fille se sentit plaquée par derrière et elle culbuta.

– Lâchez-moi, vous pesez au moins cent kilos!

Elle leva la tête, mais ce fut pour voir sa Jeep disparaître entre deux bornes blanches marquant le premier virage de la petite route sinueuse. Grand silence... puis un bruit de chute se fit entendre. La voiture avait atterri trente mètres en contrebas, dans le ravin.

– Non, pas cent kilos. Quatre-vingt-dix, et il n'y a que du muscle.

Mais ça, Berma le savait, d'une part parce qu'elle avait pu s'en rendre compte elle-même du haut de l'arbre, tout à l'heure; d'autre par parce qu'en ce moment, bien qu'elle ait réussi à se retourner sur le dos, l'homme la retenait fermement. Il était allongé sur elle, un genou entre ses jambes, son torse pressé contre sa poitrine... et sa délicieuse bouche, dansait à quelques centimètres de celle de Berma.

– Vous regardez ma bouche, répéta-t-il.

Elle sentit la sienne s'ouvrir et se refermer,

mais rien n'en sortit. Elle se passa la langue sur les lèvres et comprit, à la soudaine mollesse du corps de l'homme, qu'il allait l'embrasser. Elle pensa à le repousser, mais contempla avec horreur ses bras qui lui désobéissaient et attrapaient les larges épaules pour pouvoir mieux les attirer vers elle. Des lèvres glissèrent sur les siennes à plusieurs reprises. Les deux étrangers se regardèrent un instant, surpris par cette attirance irrépressible qui les unit finalement, en un long et tendre baiser de découverte et d'alliance, spontané et surprenant.

Puis il s'éloigna d'elle un instant et, quand la jeune femme ouvrit les yeux, le regard farouche qu'elle surprit dans les iris noirs de l'inconnu exprimait un nouveau désir, plus fort, plein d'urgence et de possession. La langue de l'homme irradia de longs frissons de plaisir les profondeurs de son corps. Mais en même temps, il semblait à Berma qu'il pénétrait les tréfonds de son âme, qu'il violait son esprit et son intimité, et l'affolement saisit progressivement la jeune femme. Elle était venue pour livrer une pizza et elle se retrouvait, plaquée sur le bitume, recouverte entièrement par le corps d'un étranger qui l'étreignait, l'embrassait, l'envoûtait, sans savoir où il s'arrêterait. Et son affolement se mura peu à peu en une colère irraisonnée, contre lui, contre elle-même, contre cet imbécile de chat et ses velléités suicidaires... Il s'éloigna d'elle à nouveau et la regarda, l'air surpris.

– Vous êtes en colère.

Quand elle se releva, Berma s'aperçut que ses jambes flageolaient. Elle se prit les cheveux.

– Ma voiture! C'était ma voiture, et j'en avais besoin. Pour livrer mes pizzas, pour... Vous n'aviez pas le droit de me sauter dessus comme ça!

– Vous êtes folle! Vous seriez morte, à l'heure qu'il est!

– Et alors! Maintenant c'est de faim que je dois mourir. Et à petit feu, encore.

Berma s'avançait vers le parapet pour se rendre compte de l'état de la voiture.

« Malheur, malheur » pensa la jeune fille.

Elle avait acheté la Jeep deux ans auparavant, le jour de son divorce. Une bonne voiture, jamais un ennui; bien sûr, elle réclamait son bidon d'huile tous les vendredis, et la rouille lui donnait l'apparence du camouflage, mais tout le monde ne pouvait pas se payer le luxe d'un paquebot, comme le monsieur-je-sais-tout qui se tenait maintenant à côté d'elle. Au bas de la pente reposait la Jeep, renversée sur le toit, complètement déformée par le choc.

– Elle est morte, soupira la jeune femme.

– Ça m'en a tout l'air.

Alors, se drapant dans sa dignité, se redressant de toute sa hauteur, elle lança le mention vers le ciel.

– Eh bien, tant pis!

Que dire d'autre quand votre avenir repose au fond du précipice, quand la ruine vous pend au nez, que la misère vous tend les bras?

« En tout cas, je ne pleurerai pas, se dit-elle. Alors ça, pas question. Je ne pleurerai pas. »

Il étudia son visage au clair de lune.

– Vous n'allez pas pleurer, n'est-ce pas?

– Absolument pas.

Une grosse larme perla au coin de l'œil et roula le long de sa joue. L'homme prit la jeune fille par l'épaule et l'essuya d'un coup de pouce affectueux.

– Allons, tout ne va pas si mal. L'assurance va vous rembourser.

Berma essayait de contenir d'autres larmes, mais l'émotion fut la plus forte. Elle s'en voulait de pleurer sur ce vieil objet rouillé et fatigué, mais voilà, c'était sa voiture... Sans compter qu'il lui faudrait vendre au bas mot cinq milliards de pizzas avant de pouvoir s'en racheter une.

– Vous... Vous n'êtes pas assurée?

– Non. Pas pour ça. Pas pour ce genre de risque.

Se ressaisissant, elle renifla et essuya vigoureusement ses larmes d'un revers des deux mains.

– Bon, eh bien... Au revoir.

Et elle commença à descendre la pente. Il marcha à côté d'elle.

– Où allez-vous?

– Je rentre chez moi.

« Autant m'habituer tout de suite à ce genre de distances », pensa-t-elle, ajoutant au fond d'elle-même qu'elle pourrait mettre cette marche à profit pour tenter de gommer cette sensation qui la submergeait encore et que le corps de l'inconnu avait si profondément gravée sur son propre corps.

– Attendez-moi un instant, je vous ramène.

– Merci, mais ce n'est pas la peine. Je risquerais de salir vos jolis sièges.

– Ils sont en cuir et donc lessivables. Attendez-moi.

– Vraiment, ça n'est...

L'homme l'avait soulevée de terre et il la força à s'asseoir au bord de la route.

– Vous m'attendez là!

– Vous... Vous commandez toujours les gens, comme ça?

– Rassurez-vous, vous n'êtes pas la première à me le dire.

Elle le regarda s'éloigner en petites foulées, se demandant qui d'autre avait bien pu lui faire la même réflexion. Sa femme, peut-être, ou bien sa petite amie? Berma se posait encore la question quand la Cadillac se rangea devant elle dans un silence presque parfait. Elle enleva sa veste, qu'elle plaça précautionneusement sur le sol, devant le siège du passager, côté tomate-anchois-champignons vers le haut.

– C'est gentil à vous, dit-elle en s'asseyant.

Il sourit et lui tendit la main.

– Jake Sawyer, pour vous servir!

Berma saisit la main en frissonnant.

– Berma Knudsen.

– Berma? Comme la Berma de Marcel Proust?

– Non, c'est un prénom scandinave... Ma mère a toujours été très fière de... de ses attaches nordiques.

Elle retira prestement la main, l'enfouissant entre ses genoux pour plus de sûreté. Jake lui donnait le sentiment d'être une adolescente un peu bêtasse. Il fallait à tout prix trouver un sujet de conversation plus neutre.

– Et qui est cette autre personne, qui vous reproche de toujours lui commander?

« Raté », pensa-t-elle en rougissant une fois encore, surprise par sa propre maladresse. Jake avait lui aussi l'air un peu gêné.

– Excusez-moi, se reprit-elle, je ne suis qu'une idiote. Et une indiscrète...

– Vous me rappelez mes enfants. Aucune culpabilité. Les questions fusent, quelles que soient les conséquences.

Des enfants. Et une femme, probablement. Et dire qu'il venait de l'embrasser! Berma allait rentrer chez elle et l'oublier une bonne fois pour toutes.

– Vos enfants? Vous en avez combien?

– Vingt. Ils m'ont dit exactement la même chose, ce matin. Ils trouvent que je leur donne trop d'ordres.

– Vingt?

– Je suis instituteur. Et je ne suis pas marié, pour répondre à votre question.

Berma avait envie de rire et de chanter. Non pas qu'il l'intéressât le moins du monde – elle avait autre chose à faire, ces temps-ci – mais c'était quand même une consolation. Elle vit Jake jouer à la marelle avec des enfants de sept ans et un sourire lui monta au visage. Elle pouffa. Il la regarda curieusement.

– Pardon, je rêvais.

– Tant mieux, j'avais peur que vous ne soyez tombé sur la tête, tout à l'heure.

– Non, ce n'était pas la tête, et puis la pizza a amorti le choc. Prenez la prochaine à droite.

– On ne peux pas dire que ce quartier soit très sympathique.

Berma accusa le coup.

– C'est un quartier d'immigrés. Boulangerie italienne, restaurant éthiopien, pressing vietnamien... De braves gens, qui se battent tous pour vivre. Comme moi.

Jake tourna à droite. Il regardait, au passage, les sombres rues transversales et leurs devantures sinistres.

– Pourquoi avoir choisi de travailler dans une pizzéria?

– Et vous, pourquoi êtes-vous instituteur?

Il sourit.

– Je suis l'inventeur du Gonk.

– Le Gonk?

– Ça rampe, ça saute, ça s'achète en trois odeurs et trois goûts différents, ça se mange et c'est absolument immonde.

– Ah oui, j'ai vu ça à la télévision.

– C'est mon invention. Je travaillais aux laboratoires Baxter. En fait, je faisais des expériences sur une nouvelle colle quand j'ai découvert ce produit par hasard.

– Vous êtes chimiste?

– Je l'étais. J'ai arrêté dès que j'ai touché les droits de mon invention. Je hais les horaires, je hais les néons...

Il sourit fièrement.

– Je suis un inventeur, maintenant.

– Et l'école?

– Des cobayes. J'ai vingt et un enfants en permanence sous la main, pour tester mes nouvelles idées. Et puis j'ai le diplôme, et j'avais besoin d'argent... Parce que celui que m'a rapporté le Gonk est entièrement investi dans la maison, et dans cette voiture.

La jeune fille tiqua. Cet homme avait sacrifié son métier à une invention stupide, il considérait ses élèves de sept ans comme des cochons d'Inde... Dans ce prince charmant, se dit-elle, il restait la trace du crapaud.

– Et vous? Comment vous êtes-vous retrouvée dans ce... quartier d'immigrés?

– Quand j'ai divorcé, il y a quatre ans, j'avais besoin de travailler à quelque chose de manuel qui me fatigue, qui m'occupe l'esprit et qui soit en même temps près de l'université. Et voilà, je suis tombée sur cet endroit. Quand le patron est parti à la retraite, l'année dernière, j'ai décidé de déposer mon âme au mont-de-piété et de m'installer à mon compte.

Suivant les indications de Berma, Jake s'était garé le long du trottoir. Il considérait l'immeuble de brique jaune, au rez-de-chaussée duquel se trouvait un restaurant, à l'enseigne de la *Boîte à Pizzas* en néon rouge, clignotant dans la vitrine.

– Vous vivez là-haut?

Des rideaux blancs ornaient les fenêtres du premier étage. Berma hocha la tête.

– Seule?

– Plus maintenant. J'ai adopté trois vieilles dames, cette semaine. C'est une longue histoire, ajouta Berma.

Elle sortit de la voiture, heureuse de mettre un peu d'espace entre Jake et elle. A côté de lui, la jeune femme ne se sentait pas normale. Elle s'était vraiment conduite avec cet homme comme une abrutie! Dire qu'il l'avait trouvée assise sur sa pizza! Mon Dieu! Berma avait le dos en compote, les bras écorchés et le jean déchiré au genou. Elle monta l'étroit escalier qui menait à l'appartement en se mordant la lèvre. Comment allait-elle faire pour remplacer sa voiture? Juste au moment où tout commençait à aller mieux, avec ces deux contrats qu'elle avait obtenus auprès de deux grosses sociétés! Oui, comment allait-elle faire pour livrer tous ces déjeuners?

– Bon Dieu! Bon Dieu de bon Dieu!

Alexandra l'attendait en haut de l'escalier, figée dans une attitude d'indignation légitime.

– Bravo. Joli vocabulaire pour une jeune fille. Je préfère le dire tout de suite : je ne supporte pas que l'on jure devant moi!

Jessie, une autre vieille dame aux cheveux gris, apparut en trottinant aux côtés de la première.

– Allons, allons, Alexandra, tu devrais au contraire te réjouir... Notre jeune amie implore le nom du Seigneur!

Une troisième voix suivait :

– Eléna a raison et puis, de temps en temps, ça ne fait pas de mal de jurer. D'ailleurs, pensez à tout ce qu'elle aurait pu dire, comme vrais gros mots...

– Non!

Les deux autres avaient essayé de l'arrêter à temps, mais la vieille Eléna, cette fois encore, réussit à jurer si parfaitement qu'elle étonna jusqu'à Berma par l'étendue de ses connaissances argotiques. Mais Jessie regardait la jeune femme, et elle dut interrompre sa vieille amie.

– Berma, qu'est-ce qui t'est donc arrivé?

Les trois vieilles dames, en la plaignant, la conduisirent jusqu'au salon. Berma retenait ses larmes.

– Je suis tombée d'un arbre sur une pizza. Et après, la Jeep s'est fracassée au fond du ravin, et après...

Jessie déposa à ses pieds une bassine d'eau et du savon puis elle commença à frotter la joue égratignée de la jeune fille.

– Tu n'as rien d'autre, en dehors de ces petites choses?

– Il y a quelqu'un?

– Mon Dieu, et qui est ce bel animal? ne put que s'écrier Eléna.

– Je suis Jake Sawyer, un ami de Berma.

Il prit le linge mouillé des mains de Jessie et commença d'essuyer le visage de Berma. Celle-ci se raidit à son contact. Subir la tendresse de l'adorable vieille dame, c'était une chose, mais se faire panser par Jake, c'en était une autre, plutôt gênante.

« Agréable, certes, mais indésirable », pensa-t-elle, les dents serrées.

– Qu'est-ce que vous voulez, en somme?

– Figurez-vous que c'est la question que je me posais, tout à l'heure. J'étais assis dans ma voiture et quelque chose m'a empêché de démarrer. Une image... de vous, en train de faire du stop au bord de l'autoroute, avec quinze pizzas froides sur les bras.

– Ne vous en faites pas, je me débrouillerai.

– Oui... Il faut que je vous avoue quelque chose : le chat, dans l'arbre, euh..., il m'appartient. Il adore cet endroit où il retourne sans arrêt, alors...

Berma le regardait, les yeux ronds comme des soucoupes.

– Et vous m'avez quand même accusée de vous espionner?

Les trois vieilles dames se regardaient, l'air gêné. Au même moment, elles trouvèrent chacune une tâche qui les abstint de rester là à écouter les jeunes.

– Non, pas de m'espionner, mais... Vous m'avez observé, n'est-ce pas, en train de...?

Elle lui fit signe de se taire en désignant du regard les trois grand-mères qui manifestement ne perdaient pas un mot de leur discussion.

– Vous auriez pu installer des volets, dit-elle en baissant la voix.

Il se pencha vers elle et adopta son chuchotement.

– Je n'en ai pas encore eu le temps. Et puis les voisins sont rares, alors...

Il se releva, ajoutant à voix haute :

– De toute façon, je ne suis pas venu ici pour discuter de vos tendances voyeuristes.

Berma, furieuse, marcha vers les trois vieilles dames, qui chuchotaient toutes ensemble et s'arrêtèrent instantanément devant son regard courroucé. Puis elle se tourna à nouveau vers Jake, avec un grand geste du bras.

– Dehors.

Jake s'assit confortablement à la place laissée

vacante par Berma. Alexandra lui tendit une tasse de chocolat, qu'il accepta de bonne grâce.

– Ne vous en faites pas, elle se laisse facilement emporter, mais au fond elle a une bonne nature.

– Alexandra, vous voyez bien que monsieur s'en va, et qu'en aucun cas il ne veut de cette tasse de chocolat, insista Berma.

– Oui, une bonne nature, renchérirent Eléna et Jessie.

Cette dernière présentait à Jake une assiette de macarons.

– Nous venons de les cuire, ils sont tout frais. Mon Dieu, que c'est bon d'avoir un homme à la maison! ajouta-t-elle à l'intention de ses deux amies.

– Savez-vous qu'elle nous a recueillies toutes les trois, alors que nous étions à la rue? raconta Alexandra.

– Nous habitions un de ces refuges pour indigents, reprit Jessie. Mais un jour ils l'ont transformé en habitations et nous avons été mises à la porte.

– Au début, nous habitions dans la gare. Heureusement que nous avions juré de rester ensemble, poursuivit Eléna. C'est ainsi que quand nous avons lu dans le journal l'annonce de Berma qui demandait un livreur de pizzas, nous nous sommes proposées toutes les trois. Oh, bien sûr, nous ne sommes que de vieilles choses, mais nous avons pensé qu'à trois, nous arriverions bien à remplir notre tâche...

– Heureusement que Berma nous a engagées, conclut Jessie, car nous étions sur le point d'abandonner. Dites-moi, cette histoire de Jeep... ça va changer quelque chose?

– Il vaut mieux ne plus compter sur la Jeep, mes amies, soupira Berma.

– Ne vous inquiétez pas, mesdemoiselles, Berma va se servir de ma voiture, en attendant.

– Je ne peux pas me servir de cette voiture pour livrer des pizzas, tout de même!

Jake mâchait pensivement un morceau de macaron.

– C'est mon chat qui a tout commencé. Je suis un peu responsable.

Il se pencha vers Berma.

– Et puis, vous embrassez si bien...

Berma tenta de passer outre à la chaleur qui lui montait aux joues.

– Je ne peux pas livrer des pizzas dans une voiture de quarante mille dollars.

– Tu veux dire que beau comme il est, en plus, il est riche?

– Je suis l'inventeur du Gonk.

– Vous voulez dire cette matière horrible qui se renifle et qu'on peut même manger? Mais j'adore cette chose!

Jake se tourna vers Berma.

– L'école est à deux minutes d'ici. Je déposerai la voiture demain matin, en passant.

2

BERMA regarda la pile de cartons posés sur le comptoir et qui contenaient dix-huit grandes pizzas et douze petites qu'elle devait livrer avant midi. Sans ces commandes qu'elle s'était engagée à fournir, elle n'aurait jamais accepté la voiture de Jake. Elle empila soigneusement les cartons.

Et lui? La jeune femme n'arrivait pas à l'oublier; toute la nuit elle avait repensé à leur baiser. Mais cela lui passerait, décida-t-elle en attrapant les clés de la voiture. On aurait bientôt trouvé un véhicule de remplacement ce qui lui permettrait de mettre autant de distance que possible entre sa personne et ce dangereux personnage.

Les bras encombrés de pizzas, elle poussa d'un pied décidé la porte du restaurant et se retrouva dans la rue. Regardant alentour, elle se demanda où Jake avait bien pu garer la voiture.

« Juste en face du magasin... »

Mais elle avait beau se retourner dans tous les sens, rien à faire. Berma revint sur ses pas et rouvrit la porte avec difficulté.

– Jessie, cria-t-elle. Jake vous a-t-il dit où il avait garé sa voiture?

La vieille dame apparut, en essuyant ses mains pleines de farine à son tablier bleu.

– Mais là, ma chérie, en face du magasin, tu ne l'as pas...?

La vieille dame s'arrêta au milieu de sa phrase. Elle regardait la rue vide, la parcourant du regard de gauche à droite.

– Mon Dieu, elle était juste là, pas plus tard que tout à l'heure! Peut-être que Jake a changé d'avis? Oui, c'est ça, il l'aura déplacée au dernier moment.

– Non, c'est moi qui ai les clés...

Le sang se retira de son visage.

– M'est avis qu'on a volé la voiture de Jake, résuma Jessie, les mains sur les hanches.

Berma reposa les pizzas sur le comptoir.

– En voilà un qui ne va pas être content, reprit la vieille dame.

« Pas content. Et comment! Il ne me reste plus qu'à me retirer dans un couvent. Ou partir pour Rio. »

Jessie composait un numéro de téléphone en regardant le visage défait de la jeune fille.

– J'appelle un taxi pour livrer les pizzas. Toi, tu restes là. Et tu contactes la police. Peut-être qu'il retrouveront la voiture avant que Jake ne sorte de l'école...

Berma se sentait un peu mieux. Après tout, la vieille dame avait raison; dans le quartier, une voiture pareille ne pouvait passer inaperçue.

Quatre heures plus tard, Jake était assis dans la cuisine du petit appartement, pâle et immobile devant sa tasse de chocolat. Alexandra lui tendait une assiette de petits gâteaux, tandis qu'Eléna lui tapotait la main en tentant de le rassurer.

– Tout ne vas pas si mal... Après tout, personne n'est mort.

– Les policiers nous ont assuré qu'ils la retrouveraient, ajouta Alexandra. Même s'il ne s'agit plus que d'une épave...

Des regards réprobateurs convergèrent vers la demoiselle. Mais Jake regardait fixement les ronds, sur la toile cirée.

– Une pièce unique, entièrement restaurée de mes propres mains. Impossible à remplacer. Impossible...

Pendant ce temps, Berma pétrissait furieusement, partageant un gros amas de pâte en boules de taille égale.

« Il va me faire pleurer », pensait-elle ironiquement.

Elle fit claquer une boule de pâte à pizza entre ses mains et se remit à la pétrir, dans un nuage de farine, tout en se demandant pour quelle raison elle ressentait une telle colère.

Quand les vieilles dames lui avaient fait le récit du vol et de la visite de la police, il avait laissé échapper deux ou trois fois la même phrase. Il l'avait prononcée uniquement à l'intention de Berma, lui semblait-il; il y était question de certaines mauvaises rencontres à la suite desquelles, infailliblement, la malédiction s'abattait sur les innocents.

– Mais enfin, calme-toi, ma chérie! remarqua Eléna. La façon dont tu pétris... On croirait que le sort du monde en dépend!

Berma la regarda un instant sans comprendre. Le nuage de farine retomba lentement. Après son divorce, la jeune femme s'était acharnée durant des mois sur des objets de toutes sortes. C'était sa façon à elle de dépenser son trop plein d'énergie ou, plus exactement, d'exorciser ses instincts meurtriers. Et puis, petit à petit, sans qu'elle s'en aperçoive, la vie avait reprit le dessus; elle avait retrouvé sa gaieté et son optimisme; paix et résolution avaient lentement fait place aux désordres de ses désillusions.

Mais voilà qu'à cause d'un homme elle se conduisait à nouveau comme une détraquée. Vingt-quatre heures avaient suffi à cet être pour remettre entièrement en cause ce savant équilibre. Son nom seul suffisait à lui donner d'étranges maux de ventre et sa vue la faisait tomber des arbres, tout simplement, comme un fruit mûr!

Elle dut pourtant s'avouer que son anxiété avait une source bien plus troublante que tout cela. Jake Sawyer... l'affamait. Dès le premier instant, une envie l'avait envahie, insatiable, de le regarder, de lui parler, de le toucher.

« Non. Pas besoin de ces problèmes-là, pensa-t-elle en abattant une nouvelle fois son rouleau à pâtisserie devant les yeux écarquillés de ses amies. Un jour viendra où je serai prête, mais pour l'instant... Un, je monte la *Boîte à Pizzas*. Deux, je passe mon diplôme. Trois... »

Cette douloureuse introspection fut interrompue par la sonnerie du téléphone, que Jessie s'empressa de décrocher. Un sourire illumina le visage de la vieille dame.

– La police. Ils ont retrouvé la voiture, annonça-t-elle.

Jake regarda l'adresse qu'elle griffonnait sur le bloc-notes.

– Au coin de la Grand-Rue et de la 17e, lut-il à mi-voix.

– Je sais où c'est, fit Berma, les mains pleines de farine, tout en enfilant sa veste. Même pas vingt minutes à pied...

Depuis le pas de la porte, Jake scrutait la rue déserte.

Un chien tacheté traversa la rue, giflé par la pluie, la queue entre les jambes. Le vent plaquait de vieux journaux sur les fenêtres emmurées. Berma regardait l'homme et elle comprit qu'il voyait tomber les trombes d'eau sur de vieilles poubelles cabossées, qu'il voyait la misère, derrière les portes fermées. Des ombres errant dans les ruelles... Elle ressentit le besoin de défendre son quartier.

– Ça n'est pas si mal, ici. Tu vois, au-dessus de l'épicerie des Giovanni? C'est Mme Giovanni qui prépare le dîner. En été, elle fait pousser des géraniums sur le rebord de la fenêtre. Et là habitent les quatre générations de la famille Ling. L'année dernière, Charlie Ling a remporté le premier prix de sciences, à l'école. Et là...

Jake lui ébouriffa les cheveux. Cette petite bonne femme l'attendrissait. Il décida lui aussi de la tutoyer :

– Tu es vraiment mignonne quand tu défends ton territoire, la taquina-t-il. Tu l'aimes tant que ça, ton quartier?

– Je préférerais avoir vue sur la mer, mais j'ai vue sur les géraniums de Mme Giovanni et ce n'est pas si mal, voilà tout.

Jake la regardait, silencieux. Berma crut même déceler une lueur d'admiration dans ses yeux – et elle fut horrifiée par le plaisir que cette admiration lui procurait. Écarlate, elle plongea dans l'ombre en détournant son visage, pour ne rien laisser voir.

– Par ici, murmura-t-elle en prenant le chemin de la Grand-Rue.

– Et ton parapluie? demanda Jake en lui prenant le bras.

– Je n'en ai pas.

– Tu devrais au moins mettre ta capuche.

– Je n'aime pas ça.

– Sous la pluie, la tête nue... Alexandra ne serait pas contente.

– J'ai vingt-six ans et je n'ai que faire des conseils...

Jake se pencha et l'embrassa dans l'ombre, rapidement, en frôlant, dans un seul et même baiser modeste et tendre, le bout du nez, les lèvres de Berma – et son corps entier, sembla-t-il à la jeune fille. Elle s'en trouva bouleversée, comme un long et profond sillon intérieur que le désir, lentement retournait.

– Je ne veux même pas savoir à quoi tu penses, dit-il, méfiant. Tu me regardes comme un chat regarde une souris.

– Je... Je ne... Je ne te regarde pas du tout!

Et en plus, il lisait dans ses pensées!

Jake éclata d'un rire qui réchauffa la jeune fille. Un rire plein de bonheur. Il se rapprocha d'elle. Ses lèvres effleuraient celles de Berma, tandis qu'il parlait.

– Ce dont j'ai vraiment besoin, souffla-t-il, c'est d'un baiser, pour m'aider à oublier ma voiture.

– Euh...

Il recula d'un pas.

– Je dois t'avouer que je suis un peu gêné... Quand je pense que tu m'as vu nu.

– Je ne t'ai pas vu nu! s'exclama-t-elle. Je suis tombée de l'arbre avant...

– Chhut...

D'un geste, il releva le capuchon de Berma, puis il le lui noua sous le menton, comme à une gamine et, sans mot dire, il l'entraîna par le bras.

En arrivant à la Grand-Rue, Berma sentit la main de Jake se crisper dans la sienne. Elle lui serra la main en retour. Jake sembla surpris par ce geste.

– Je suis un tantinet nerveux, se reprit-il.

– Mais ça va aller...

– Ça va aller.

« Avec la chance que j'ai en ce moment, ça m'étonnerait... », songea Berma.

Ils tournèrent à droite dans la Grand-Rue. Plus loin, plusieurs agents de police. Au bout de quelques instants à peine, ils réalisèrent ce qui monopolisait leur attention.

– Ma voiture? lança Jake, incrédule.

Un des agents haussa les épaules d'un air désolé.

– Jake Sawyer?

– C'est... Comment est-ce possible? Il n'en reste rien! se lamenta-t-il.

– Nous vivons une époque formidable, commenta placidement l'agent.

Désespéré, Jake donna un coup de pied dans un poteau.

– Ce n'est pas dramatique, Jake. L'assurance...

– Oui, bien sûr. Mais cette voiture est irremplaçable... C'était une machine unique au monde. Et puis elle avait une signification très spéciale, pour moi. C'était... la voiture Gonk.

Berma commençait à comprendre. Il s'était offert cette nouvelle voiture parce qu'elle symbolisait une nouvelle vie. Fini, le néon. Fini, le bureau... Vive l'auto!

Jake s'adressa à l'un des agents.

– Vous savez qui a fait ça?

– Nous allons ouvrir une enquête. Parfois, nous avons de la chance...

– Oui, mais c'est rare... Brrr! C'est d'un triste! poursuivit l'autre agent en regardant l'épave.

Les épaules de Jake se voûtèrent un peu plus. Berma le prit par le bras et le regarda en le secouant.

– Oh! Ça ne va pas du tout, monsieur Sawyer. Vous êtes un inventeur... Vous êtes censé être heureux.

– Mon jouet...

– Vous n'avez pas d'autre jouet?

– Non, je suis un être terne. Je ne fais que travailler.

Berma fut heureuse de voir l'ombre d'un sourire apparaître sur le visage de son ami. Il la regardait!

– Non, je n'ai pas d'autre jouet... Pour l'instant.

Berma ouvrit l'œil à contrecœur. Il n'était que six heures du matin et Alexandra préparait du thé.

– Alexandra, ne dormez-vous donc jamais?

– Plus on vieillit, moins on dort. Et puis je n'arrive pas à dormir avec ces deux-là qui ronflent.

La grande pièce de l'appartement servait de salon, de salle à manger et de cuisine. Et l'autre, plus petite, de dortoir pour les vieilles dames. Si Berma aimait leur compagnie, son grand lit douillet lui manquait. Elle frotta un de ses muscles qui s'était ankylosé et enfila ses chaussons.

– Peut-être devriez-vous vous marier. Vous n'y avez jamais pensé? ajouta Berma en bâillant.

– Oh si! J'ai même cherché, mais franchement je n'ai encore rien trouvé... Par exemple, si j'étais plus jeune, ce Jake Sawyer me conviendrait sûrement. Il est vraiment beau, non?

Berma mit la cafetière en route. On ne pouvait le nier, Jake avait effectivement un charme fou. Un charme si puissant qu'elle en avait oublié son examen, un examen d'économie qu'elle aurait dû passer, ce matin-là. Vingt-quatre heures avec cet homme et elle laissait déjà tomber ses études... La jeune femme ouvrit le réfrigérateur et fouilla à l'intérieur.

– Qu'est-ce que tu cherches?

– Ma tasse à café, répondit Berma.

– Ma pauvre enfant! Tu ne la trouveras pas là-dedans!

– Ah, oui, fit-elle mollement en refermant la porte.

« Et voilà le travail... Une nuit sans sommeil, et... »

Comment pouvait-on dormir avec ces visions de Jake Sawyer dans la tête? Jake Sawyer dans sa voiture unique au monde; Jake Sawyer dans sa cuisine; Jake Sawyer en caleçon bleu. Berma remplit sa tasse de jus de pruneau, à ras bord.

Alexandra fronça les sourcils.

– J'espère que tu restes à la maison aujourd'hui, dit-elle. C'est une dose un peu trop forte, ça.

Berma regardait sa tasse sans comprendre. La vieille dame leva les yeux au ciel, la lui prit des mains, en jeta le contenu dans l'évier, la rinça et la remplit de café.

– Quand tu est tombée de l'arbre, tu es tombée sur la tête?

– On m'a déjà posé cette question. Non, je suis tombée sur... la pizza.

– Tu n'aurais pas un petit béguin pour ce Sawyer?

– Si. Oui. C'est l'horreur.

Sa vieille amie prit un air dégoûté.

– Quelle imbécile.

Eléna fit son apparition.

– Qui est l'imbécile? demanda-t-elle.

– La petite. Elle pense que l'amour n'est qu'une perte de temps.

– Il faut dire qu'elle n'a pas tout à fait tort. Rappelle-toi ce William Criswald. Pendant sept ans, je lui ai fait la cour. Au moment même où il allait céder, il est mort. On ne peut pas compter sur les hommes, on ne sait jamais s'ils sont construits pour durer.

– Mais il ne s'agit pas d'un vieux bouc comme ton William. Berma est amoureuse de Jake Sawyer!

Berma fit claquer sa tasse sur la table.

– Aïe! Je ne suis pas amoureuse de Jake Sawyer! protesta-t-elle en essuyant le café brûlant qui s'était répandu sur sa main.

– Tu vois? Elle en est folle, chuchota Alexandra à l'intention de son amie.

Berma but une gorgée de café et empila ses livres de classe.

– Je ne peux pas être amoureuse de quelqu'un au bout de vingt-quatre heures... Et puis, j'ai trop à faire. Je dois passer un examen d'économie auquel je ne suis pas du tout préparée.

Elle jeta un coup d'œil à sa montre. Plus de voiture; or elle était déjà en retard.

– Bon, je cours à la bibliothèque, pour bûcher avant l'examen. Livrez les Pizzas en taxi, je rentrerai à trois heures et demie, d'accord? Vous arriverez à vous débrouiller?

– Pas de problème.

Berma dévala l'escalier.

– Ma petite chérie! Stop!

Berma se retourna dans l'escalier.

– Tu vas avoir l'air fin, en classe, en pantoufles et en chemise de nuit, pouffa Jessie.

Dix minutes plus tard, Berma refermait la porte derrière elle et respirait une grande bouffée de l'air matinal. La pluie avait cessé durant la nuit; le quartier étincelait et Berma était heureuse de vivre.

Elle marchait rapidement et bientôt elle se trouva devant l'école de Willard Street. L'école de Jake, pensait-elle en souriant.

Que de souvenirs lui revenaient, à la vue de ce bâtiment qui ressemblait à celui de son enfance! Une enfance sans surprises, sans heurts, et Berma se rendit soudain compte que ce qu'elle recherchait si ardemment à reconstituer, c'était cette stabilité que sa mère avait réussi à établir... Ni trop stricte, ni trop austère, la vie d'alors était prévisible et confortable.

« Qu'est-ce que ma vie? Trois vieilles dames qui n'achètent que du jus de pruneau et des médicaments contre la tension. Et Jake Sawyer... »

Berma pressa le pas. Les jours étaient trop courts; ils auraient dû avoir trente heures pour qu'elle ait le temps de tout faire. Depuis six ans, elle avait mis de côté les plaisirs les plus modestes pour mener à bien une carrière. Celle de son mari d'abord, puis la sienne. Maintenant, elle voulait s'amuser!

Les larmes lui brûlèrent les yeux. Ça n'était pas demain la veille... De plus, sans la Jeep, elle aurait à travailler deux fois plus qu'avant.

Berma essuya d'un geste impatient la larme sur sa joue, respira une grande bouffée d'air frais et se raisonna. Elle n'avait sûrement pas le temps de se plaindre.

3

BERMA vit sans le voir le nuage de fumée noire s'élever dans le lointain. Elle mit du temps à s'extraire de ses pensées et ce ne fut que quand elle aperçut la file de camions rouges garés devant la *Boîte à Pizzas* qu'elle eut peur. Et son cœur s'arrêta de battre lorsqu'elle vit les murs noirs de suie.

– Non! cria-t-elle. Oh, non!

A cette heure-ci, Eléna, Alexandra et Jessie auraient dû être en train de faire la sieste, ou de boire du thé. Était-il possible qu'elles se trouvent encore derrière ces murs calcinés? Berma faillit s'effondrer. Sans qu'elle sache comment, ses jambes la portèrent jusqu'à l'immeuble. Mais la peur et la douleur la harcelaient, lui voilant les yeux, lui nouant le ventre. En apercevant les trois chignons blancs, à côté des pompiers – elles étaient donc bien vivantes! – la tête lui tourna. Ses genoux se dérobèrent et elle s'enfonça dans un noir tourbillon.

Trois minutes plus tard, Berma reprenait connaissance. Elle ouvrit les yeux en souriant.

– Merci pour la charlotte, m'man, fit-elle.

Jake la secoua.

– Qu'est-ce que tu dis?

– La charlotte, répéta-t-elle. Superbe, m'man.

– Je ne suis pas ta mère. Regarde-moi.

Berma cligna des yeux et se concentra. Venait-elle de prendre Jake Sawyer pour sa mère? Pourtant, il ne lui ressemblait pas... Son visage était noir de suie et son regard exprimait une grande inquiétude.

– Tu en fais, une tête, murmura-t-elle faiblement.

– Ça va. Et toi?

– Mais oui, ça va.

– Tu t'es évanouie – voilà ce qui arrive lorsqu'on ne prend pas de petit déjeuner... Tu m'entends? Tu m'as fait une peur bleue.

Berma l'observait, éblouie. Cette inquiétude lui était donc réellement destinée?

– Ça alors! C'est vraiment merveilleux!

Jake l'aida à se relever.

– Quoi donc?

– Euh... C'est merveilleux de voir tous ces pompiers.

– Tu es sûre que ça va? Ton appartement vient de brûler et tu souris à n'en plus finir.

Berma se releva et s'efforça de réprimer son sourire.

– Voilà, dit-elle. J'ai l'air plus sérieux?

Alexandra arriva, armée d'un mouchoir.

– Excuse-moi, ma chérie. Je ne suis qu'une idiote. On m'a donné un gros pourboire, pour une livraison, alors j'ai acheté un fer à friser, et voilà!

Berma regardait Jake.

– Oui. Elle a branché le fer qu'elle a posé sur la table. Elle l'a oublié un certain temps et la table a pris feu, puis le canapé, les rideaux...

– Est-ce que c'est très grave?

– Ça pourrait être pire. La plupart des dégâts ont été causés par la fumée, mais en bas il n'y a rien d'abîmé.

– On peut voir?

– Oui, les pompiers ont fini leur travail, ils s'en vont.

Berma ouvrit la voie jusqu'à la maison, suivie des trois dames et de Jake. Elle entra dans le salon et ses pieds s'enfoncèrent dans la moquette détrempée. D'un coup d'œil elle constata le saccage. Tout était noir: les murs, les meubles, les fenêtres... Le canapé avait brûlé, puis il avait été arrosé et piétiné par les pompiers.

– Ça donne envie de pleurer, dit Jessie. C'était si douillet, chez toi!

– Ce ne sera plus jamais comme avant, renifla Alexandra. Tout sent la fumée. Nos habits, notre linge et même nos sachets de thé.

– C'est vrai que ça sent mauvais, acquiesça Berma. Demain, nous ouvrirons les fenêtres pour aérer.

– Peut-être devrions-nous retourner vivre à la gare, proposa Eléna. Tu viendras avec nous, Berma.

– Personne n'ira à la gare, fit Jake après un long soupir. J'ai une maison vide, elle est assez grande pour nous tous. Vous viendrez habiter chez moi... en attendant que l'appartement soit remis en état.

Berma le regarda, incrédule.
– Tu... tu es sûr?
– Non. Oui!
– Une maison! s'exclama Jessie. Vous entendez? Nous allons habiter une maison.
Alexandra s'arrêta net sur le seuil de la salle de bains et elle prit entre ses doigts un objet gris, d'un air dégoûté.
– Voilà ce qui reste de ma brosse à dents! annonça-t-elle, les larmes aux yeux.
Jake rassembla les dames et leur fit descendre l'escalier.
– Nous en achèterons de nouvelles; et des chemises de nuit, aussi. Mais quittons vite cet endroit... Demain est un autre jour.
Berma les suivit en se demandant pourquoi elle ne ressentait aucune peine. N'importe qui serait en train de pleurer, à sa place, alors qu'elle avait plutôt envie de chanter! Ce devait être le choc, une étrange réaction au désastre. Elle regarda Jake descendre l'escalier, évalua la largeur de ses épaules, en s'obligeant à ne pas sourire. Les circonstances réclamaient qu'elle fît bonne figure. Que dirait-on si elle sortait de son appartement calciné en arborant un large sourire? On en conclurait peut-être qu'elle était heureuse d'aller vivre dans la maison de Jake, qui lui tenait la porte en la regardant étrangement.
– Pourquoi cet air de contentement?
– Hein? Ce n'est pas un air de contentement! protesta-t-elle. C'est au contraire un air inquiet et triste.
– Si tu es comme ça quand tu es triste, j'ai hâte de te voir quand tu es gaie!

Il verrouilla la porte de l'appartement et plaça le panneau « Fermé » sur la vitrine de la *Boîte à Pizzas*.

– J'ai loué une voiture. Elle est garée un peu plus bas.

En arrivant devant un minibus bleu, Berma s'étonna.

– Un minibus? Ce n'est pourtant pas ton genre.

Jake ouvrit la porte arrière aux vieilles dames.

– Je ne sais pas quel est mon genre. Parfois, je suis un célibataire insouciant, d'autres fois, j'ai une maison peuplée de femmes... alors qu'aucune d'entre elles ne convient vraiment à un célibataire.

– Quoi? Et moi, alors?

Le regard de Jake dévora du regard ses boucles blondes, son petit nez retroussé, ses lèvres serrées. Il se fit plus lent en descendant le long du corps de Berma, hésitant langoureusement sur sa gorge, sa poitrine...

Berma serra les dents.

– Te moques-tu de moi? demanda-t-elle.

– Un peu, dit-il en continuant. J'ai bien peur que tu ne sois inaccessible. Délicieuse, mais inaccessible. Tu ne conviens absolument pas à un célibataire. Tu es faite pour être une épouse.

Berma s'assit sur le siège avant du minibus.

– Je ne sais pas comment prendre ça...

– Comme un compliment, murmura-t-il à son intention.

Berma sentait bondir son cœur. Cela faisait si longtemps qu'un homme ne lui avait parlé de cette façon! Elle avait presque oublié le bonheur que de tels mots pouvaient produire. Elle se jura aussitôt de terminer ses études, de monter sa société et de se trouver un bon mari. Elle rajouta cet élément sur la liste des choses à faire.

– Regardez! s'exclama Eléna. C'est la campagne, ici!

– Ce n'est pas du tout la campagne, la contredit Alexandra. C'est la banlieue. Tu vois bien qu'il n'y a pas de vaches.

Berma tenta de se détendre en contemplant le paysage. Avec ou sans vaches, c'était bien la campagne qui défilait. La route se rétrécit et on passa sur le pont qui enjambait la rivière, avant de monter vers la maison de Jake. Berma avait un peu le sentiment de partir en vacances. Cela faisait plus de six ans qu'elle n'en avait pas pris. Une chose de plus à rajouter sur la liste...

Les trois dames se penchaient pour mieux distinguer la route, imaginant silencieusement la maison de Jake. Quant à Berma, elle n'aurait pas ressenti plus de plaisir si elle avait été en route pour Saint-Moritz ou les Bahamas. Il y aurait des sauterelles, de la tranquillité, les arbres et le vent, et Jake Sawyer en caleçon bleu. Berma se raidit soudain. Elle se mordit la lèvre et baissa un peu la vitre. Il commençait à faire chaud. Il lui fallait absolument remettre de l'ordre dans sa tête : on n'allait pas à Saint-Moritz et Jake en caleçon, c'était interdit!

Eléna lui secoua le bras.

– On arrive bientôt?

– Oui, mais ce ne sont pas des vacances.

– Voyons! fit la vieille dame. Bien sûr que si, ce sont des vacances!

Les trois dames hochèrent la tête en signe d'assentiment. Berma soupira en s'enfonçant dans son siège.

« Ça va être très très dur. »

La maison lui parut plus petite et bien moins menaçante en plein jour. La jeune femme dut même s'avouer qu'elle était plutôt gaie – entourée de fleurs, comme posée sur une pelouse que bordait un petit bois touffu. Des magnolias appuyaient leurs branches aux façades de bois. La porte d'entrée était sculptée et ornée d'une petite fenêtre.

– Quelle superbe maison! commenta Alexandra.

Arrivée dans l'entrée, Berma admira le beau parquet ciré ainsi que l'escalier en chêne d'Andalousie avec sa rampe ouvragée. Un grand canapé et une bergère invitaient le visiteur à s'asseoir, tandis qu'un long tapis oriental le guidait vers les autres pièces. C'était véritablement une maison de rêve, songea Berma. Elle valait bien tout l'argent du Gonk et elle méritait parfaitement d'avoir une voiture superbe, digne d'elle, dans son garage.

– Nous allons nous amuser comme des folles, prédit Eléna. J'ai toujours voulu habiter une maison comme celle-ci. Je pourrais rester ici jusqu'à la fin de mes jours. Venez, les filles, allons voir en haut.

Berma remarqua la réaction de terreur de Jake et dut se couvrir la bouche pour étouffer un fou rire. Il l'attrapa par le col de sa chemise, déclenchant en elle une vague de frissons.

– Je t'ai vue rire. Vous êtes vraiment méchante,

mademoiselle Knudsen. Rassure-moi. Dis-moi qu'elle ne resteront pas ici pour toujours! Je les aime bien, mais je crois que je deviendrai fou...

Berma fixa le cou de Jake et se demanda ce qu'il adviendrait si elle se mettait à le mordre. Un cou tellement appétissant! Et en plus, il sentait si bon...

« Je ne suis pas en vacances », se répéta-t-elle.

Jake se fourra les mains dans les poches.

– Alors? Tu as changé d'avis?

– Quoi? demanda-t-elle.

– Eh bien, il y a un instant, tu avais l'air prête à me dévorer, dit-il en s'adossant au mur. Ce qui ne me dérangeait pas, d'ailleurs. Après tout, nous sommes intimes. Tu m'as vu en caleçon, je n'ai plus rien à te cacher.

Berma le fixa, stoïque. Il avait un sens de l'humour tordu... et le pouvoir de lui donner des frissons, rien qu'en parlant à voix basse... Ça ne pourrait pas marcher, entre eux.

– Je devrais rentrer chez moi, dit-elle faiblement.

Son regard se posa sur les lèvres de Berma tandis qu'il s'approchait d'elle.

« Réveillez-moi! » se dit Berma.

Il allait l'embrasser! Elle ne savait pas s'il fallait fermer les yeux pour que cela n'arrive pas, ou au contraire les garder ouverts pour ne rien rater. Les lèvres de Jake se posèrent sur les siennes avant qu'elle ait eu le temps de faire son choix. Le baiser fut doux et tendre.

– Et maintenant?

Berma écoutait battre le sang à ses tempes et

elle se demanda s'il y avait des risques, à vingt-six ans, de subir un arrêt cardiaque. Jake passa le doigt le long de la bouche impatiente et lui caressa les cheveux... Lorsqu'il l'embrassa de nouveau, il ne put retenir sa passion et partit à la recherche des lieux secrets; des orages de désir éclataient dans les entrailles de la jeune femme. Mais les pas sourds d'Alexandra descendant l'escalier les firent se séparer.

– Tu devrais aller voir en haut, Berma. C'est ravissant. On voit le monde entier, du troisième étage.

Jessie la suivait de près.

– Il n'y a pas assez de meubles, commenta-t-elle. Et puis il n'y a pas de rideaux aux fenêtres.

– J'ai des draps. On pourrait les accrocher, pour ce soir, suggéra Jake en enfilant sa veste. Je vais acheter des brosses à dents.

4

ALEXANDRA, Eléna et Jessie étaient installées sur le divan, les yeux rivés au téléviseur. Devant elles, éparpillés, les restes de leur dîner.

Berma était assise sur le tapis, dos au canapé. Elle ne pouvait empêcher ses pensées de dériver : Jake portait son jean tel un voyou à la silhouette de pirate. Ses yeux se voilèrent tandis qu'elle se remémorait ses contours, imaginant les détails cachés. Lorsque Jake se leva en s'étirant, elle se concentra à nouveau sur le film. Elle sentit qu'il s'approchait d'elle. Du genou, il lui frôla l'épaule. Elle se défendit de la regarder.

Il la poussa de nouveau du genou.

– Fais-moi de la place, chuchota-t-il.

Il s'assit entre elle et le canapé, la tenant prisonnière entre ses jambes. La jeune femme tenta de bouger, mais il l'en empêcha en lui glissant le bras autour de la taille pour la tenir fermement contre lui.

– C'est agréable, murmura-t-il voluptueusement.

« Agréable ! » songea Berma. Le contact était paradisiaque, bouleversant, oui !

Mais ce n'était pas le moment de se laisser aller à de telles fadaises. Sa vie était assez compliquée comme ça, entre la *Boîte à Pizzas*, les vieilles dames, les études, la Jeep disparue, l'appartement brûlé... Berma ne savait pas ce que lui réservait l'avenir, mais elle redoutait de l'affronter le cœur brisé.

– Je ne pense pas que ce soit une très bonne idée.

– Chut! Tu déranges ces dames.

Berma se tourna vers elles, qui étaient toutes trois absorbées par l'écran. Elle tenta d'échapper à l'emprise de Jake.

– Veux-tu arrêter de bouger? J'aimerais regarder le film.

Vaincue, elle se détendit contre lui, immobile, ne voulant rien encourager mais heureuse de sa défaite. Les battements du cœur de Jake et la chaleur de son corps la rendaient faible. La pluie crépitait contre les vitres. Sur l'écran, le film se terminait, elle était bien.

– Formidable, remarqua Jessie. Je n'avais jamais vu de magnétoscope, c'est une chose merveilleuse.

– Tu nous gâtes, renchérit Alexandra.

– En parlant de gâteries, j'en ai quelques-unes à vous distribuer.

Deux minutes plus tard, Jake revint les bras chargés.

– Voilà pour vous, ma chère Alexandra, dit-il en lui tendant un grand sac. Et voici pour Eléna et pour Jessie.

– Du rouge à lèvres! s'étonna Mlle Fitz. Et une chemise de nuit! Quelle merveille!

– Des brosses à dents, dit Eléna timidement. C'est mieux que Noël. Et des pantoufles, de la crème pour le visage, et même une brosse à cheveux.

Berma regarda Jake.

– Je te trouve bien renseigné sur les besoins féminins, remarqua-t-elle.

– J'ai quatre petites sœurs, expliqua-t-il fièrement. Je connais bien les femmes.

Jessie étouffa un bâillement.

– Je vais aller essayer ma chemise de nuit... Mais où est mon lit?

– J'ai quatre chambres mais un seul lit, dit Jake, les mains dans les poches. La seule solution, c'est que vous trois dormiez dedans. Berma et moi-même dormirons en bas.

– Mais où, en bas? Il n'y a pas de lit, demanda Eléna.

– Berma dormira sur le canapé, et moi, je dormirai par terre.

– C'est vraiment gentil d'avoir pensé à toutes, le remercia Berma, lorsque les trois dames furent parties. Ça fait tellement longtemps qu'elles n'ont pas fait de folies...

– Tu n'as pas ouvert ton sac.

Berma fixa d'un air méfiant la pochette en feutre vert posée sur la table. Bien plus petite que les sacs des trois dames, elle provenait d'une parfumerie de luxe.

– J'ai peur de l'ouvrir. Rien d'extravagant, j'espère, dit-elle en découvrant un flacon. Mmm... Du parfum.

– Oui.

– Les autres ont eu des chemises de nuit.

– Il n'y en a pas dans ton sac?

Berma fouilla son bagage.

– Non, il n'y en a pas.

Jake lui caressa la joue du doigt. Ses yeux s'assombrirent, sa voix devint rauque.

– Tu es si belle avec tes petites boucles et ta peau de pêche qu'au lit tu ne dois rien porter d'autre qu'une goutte de parfum... J'ai un aveu à te faire : j'ai de gros problèmes; des ennuis cardiaques.

– Oh, non!

– Mon cœur bat irrégulièrement. J'ai cru qu'il allait même s'arrêter, le jour où je t'ai vue par terre sous l'arbre.

Il lui tenait la tête et il se baissa pour l'embrasser doucement. Le lent baiser avait l'effet d'une drogue. Les pensées de la jeune fille s'espaçaient, son pouls s'accélérait. Jake la tenait fermement contre lui, de sorte qu'elle ne puisse s'échapper.

– Je vais le dire à Alexandra, murmura Berma.

– Je n'ai pas peur d'elle.

– Ça aussi, je le lui dirai.

Il l'embrassa à nouveau, plus fougueusement cette fois, en dégrafant les boutons du chemisier de Berma pour dévoiler sa poitrine. Et bientôt, sa main caressa, autour des durs tétons, la douceur des petits seins fermes et ronds. La jeune femme perdait le souffle. Les paupières lourdes, le sang bouillonnant de désir, elle sentait contre sa peau l'ardent désir de son Jake, comme un écho à la passion qui avait pris possession de son propre corps. Jake dégrafa le soutien-gorge de Berma, libérant sa poitrine. Berma flottait dans un brouillard de sensations délicieuses, qu'un bruit de pas dissipa soudain.

– Nous allons nous coucher, cria Alexandra du haut des marches. Avez-vous besoin de quelque chose?

– Qu'est-ce qu'elle a dit? demanda Berma, étourdie.

– Je ne voudrais pas leur faire peur, dit Jake en se passant la main dans les cheveux.

Il revint quelques minutes plus tard, les bras chargés de deux sacs de couchage et d'un haut de pyjama en soie. Il laissa tomber les sacs sur le sol pour montrer le pyjama bleu roi.

– Ma sœur me l'a donné pour Noël. Elle a une vision bien établie de la vie du célibataire.

– Ah, oui?

– Je te préférerais habillée d'une goutte de parfum, mais puisque tu es pudique, tu n'as qu'à mettre ça.

– Et où est l'autre moitié? demanda Berma, méfiante.

– J'ai pensé que l'autre moitié pourrait nous déranger.

– Écoute-moi... Je ne dors pas avec toi.

– Tu aurais bien voulu, si nous n'avions pas été interrompus par cette chère Alexandra.

– Ce n'était... ce ne fut qu'un moment de faiblesse, protesta Berma. Ça n'arrivera plus. Je dormirai tout habillée.

– Ça ne sera pas très confortable, remarqua Jake.

Berma ne pouvait rien imaginer de moins

confortable que de dormir vêtue du pyjama bleu roi de Jake. Cette seule idée la rendait folle. Elle choisit un sac de couchage et l'arrangea sur le divan. Jake l'observait, l'ombre d'un sourire au visage.

– On peut les attacher ensemble pour en former un grand, si tu veux.

– Non.

Il commença lentement à se déshabiller.

– Mais que fais-tu?

– Je me déshabille.

– Et la lumière? Et toi, tu ne portes pas de pyjama?

– Non.

– Ah, bon.

Elle se tourna face au mur.

– Je croyais que tu aimais voir les hommes se déshabiller, la taquina-t-il. Tu ne veux pas regarder?

Berma serra les dents. Comment pouvait-il être aussi à l'aise? Jake Sawyer comptabilisait probablement plus d'expériences qu'elle n'avait eu de rhumes dans sa vie.

– C'est ta dernière chance, proposa-t-il à voix basse. Je vais éteindre la lumière.

Peu après, la pièce fut plongée dans l'obscurité et Berma écouta Jake se coucher. Deux minutes plus tard, le silence régnait, interrompu seulement par la respiration régulière de l'homme. Il dormait! Elle se pencha pour l'observer. Il était plus que beau : il était chaleureux, véritablement courageux et drôle. Elle l'aimait bien.

Vlan!

Berma se réveilla en sursaut et se redressa dans son sac de couchage.

Pan! Pan! Pan!

Jake ouvrit l'œil.

– Serait-ce des éléphants? Est-ce que le cirque est passé, pendant la nuit?

– Je crois que ces dames sont réveillées.

Jake jeta un coup d'œil à sa montre.

– Cinq heures et demie...

Les lumières s'allumèrent et des pas résonnèrent dans l'escalier.

Jake grogna et sortit de son sac. Berma tourna la tête en attendant qu'il s'habille.

Jake alluma la lumière et découvrit Alexandra, les cheveux en bataille.

– On dirait qu'elle s'est fait électrocuter, chuchota Jake.

– Ça va? demanda Berma.

– Une tasse de thé..., grogna la vieille dame en se dirigeant vers la cuisine.

Après elle, ce fut Jessie qui arriva, sans un mot. Puis des bruits de casseroles vinrent de la cuisine. Et peu après, Eléna apparut.

– Elles n'ont pas dû passer une bonne nuit, observa Jake en souriant.

– Mais où est le thé? cria Alexandra de la cuisine. On ne trouve rien, dans cette maison.

Jake alla leur porter secours. Bientôt, Berma entendit des bruits familiers et réconfortants, et la voix de Jake qui complimentait Alexandra pour son énergie du petit matin. Jessie et Eléna eurent elles aussi droit à des paroles de sympathie, tandis que la table était mise pour le repas. Berma rejoignit la compagnie. Alexandra avait déjà meilleure mine, mais Eléna était blanche comme un linge.

– Eléna? Vous sentez-vous bien?

Eléna s'affaissa dans sa chaise en fixant sa tasse de thé.

– Je n'ai pas fermé l'œil de la nuit.

– Tu ronflais! Et en plus, tu prenais toute la place! l'accusa Alexandra d'un air dégoûté.

Jessie se pencha en avant.

– C'est toi qui prenais toute la place, ce n'est pas Eléna! Tu n'arrêtais pas de bouger, de te plaindre, aussi.

Jake posa une tasse de café devant Berma.

– Nous avons quelques ennuis, comme tu vois. Je vais louer des lits, dit-il en se penchant vers elle. Mais malheureusement, deux d'entre nous seront obligés de partager la même chambre.

Alexandra lui jeta un regard noir.

– J'ai tout entendu. Vous, les hommes, vous ne pensez qu'à ça!

– Ne faites pas attention à elle, dit Jessie en lui faisant un clin d'œil. Elle est de mauvaise humeur parce qu'elle aussi, elle ne pense qu'à ça.

Eléna éclata de rire et Alexandra prit un air scandalisé.

– Je vais vous dire une chose, continua imperturbablement Jessie. Lorsque vous irez nous louer des lits, vous pourrez peut-être nous trouver des maris, par la même occasion.

Alexandra serrait les lèvres et Eléna riait tant que la couleur lui en revint aux joues. Berma buvait son café en silence.

– A quelle heure ouvre la *Boîte à Pizzas* le samedi? demanda Jake en regardant sa montre.
– A dix heures.
– Nous avons tout notre temps, alors.
– D'abord le petit déjeuner, lança Eléna.
– Puis la lessive, continua Alexandra. Sinon, nous serons obligées de travailler en chemise de nuit.
Jake posa sa tasse sur la table en bâillant.
– Je vais prendre une douche rapide, puis nous irons jeter un coup d'œil à l'appartement.

Berma avait beaucoup de mal à retenir des larmes de désespoir. L'appartement était bien plus dévasté qu'elle ne l'avait cru. La cendre recouvrait tout, elle s'était même infiltrée jusque dans les tiroirs des commodes. Jake l'entoura de ses bras et posa son menton sur la tête blonde de son amie. Une larme coulait le long de sa joue, qu'il essuya du pouce.
– Je ne veux pas que tu pleures. Ça me fait trop de peine.
– Tout est bon pour la poubelle.
– Mais non!
– A commencer par le tapis.
– Mmm, murmura Jake dans l'oreille de Berma.
Elle avait de plus en plus de mal à se concentrer : les mains de Jake lui caressaient le dos, provoquant de douces vagues de volupté.
– Et puis le canapé, parvint-elle enfin à dire.
– Le canapé...
– Et, euh...

Tout lui échappait : elle ne savait même plus ce qu'il fallait jeter, ou garder.

– Ce n'est pas si dramatique que cela, roucoula Jake. C'était un accident, l'assurance va te rembourser tous les dommages, jusqu'à la note de la blanchisserie. A mon avis, nous devrions prendre tout ce qui est linge et le nettoyer chez moi. Le reste, nous le laisserons aux professionnels.

Berma ferma les yeux et une deuxième larme coula le long de son beau visage.

– Ça me fait tant de peine de voir cet endroit dans cet état!

– Moi aussi.

– Je me sentirais mieux si je nettoyais un peu.

– Moi aussi.

– C'est vrai?

– Non, mais je suis prêt à tout pour éviter de voir une autre larme rouler le long de cette jolie joue.

Il se retourna et se mit à fouiller dans les tiroirs, près de l'évier.

– Où est-ce que tu ranges les sacs en plastique?

– Dans le tiroir du bas.

Lorsqu'il les trouva, il lui en jeta quelques-uns.

– Tiens, fit-il. Tu peux mettre tout ce qu'il y a à laver là-dedans. Moi, je vais enlever le tapis avant qu'il n'abîme le sol.

Berma chargea le minibus avec les sacs pleins, puis elle se retourna pour regarder son immeuble aux fenêtres noircies. Jake faisait passer le tapis trempé par l'une d'elles.

– Tous aux abris! cria-t-il en le laissant tomber.

– Jake?

Il se pencha par la fenêtre, un large sourire aux lèvres. Elle remarqua qu'il avait la joue noircie de suie.

– Oui, Berma?

– Merci.

– Si tu cherches une façon de me montrer ta gratitude...

Elle sourit malgré elle. Quelle ténacité!

Une heure plus tard, Berma revint, accompagnée de deux des vieilles dames. Elle ouvrit la porte de la *Boîte à Pizzas* et fut soulagée de ne plus voir que quelques traces d'eau sur les murs.

Jessie posa un bouquet de fleurs sauvages sur le comptoir.

– Je les ai cueillies ce matin dans le bois. Elles sont belles, vous ne trouvez pas?

– Superbes, accorda Berma en les reniflant.

– Va donc aider Jake en haut, fit Alexandra en se nouant un tablier blanc autour de la taille. Nous nous débrouillerons.

Berma trouva l'appartement plein de monde. Mme Giovanni, dans la cuisine, avait les bras plongés dans de l'eau savonneuse. Plusieurs adultes de la famille Ling frottaient les murs et les parquets. Un grand Noir venait d'achever le nettoyage de l'une des fenêtres.

– Voilà, annonça-t-il fièrement. On peut voir les géraniums de Mme Giovanni, maintenant.

Berma prit Jake à part.

– Mais qui sont tous ces gens? demanda-t-elle.

– Eh, bien, ils sont arrivés les uns après les autres sans même que je les sollicite.

– Ils sont venus aider?

– Mme Ling m'a expliquée que grâce à toi, sa fille avait été première en orthographe, ce trimestre. Mme Giovanni m'a raconté comment l'hiver dernier, pendant près d'un mois, tu l'avais conduite chaque jour à l'hôpital, quand son mari avait eu une crise cardiaque.

– Mais je ne connais pas le grand Noir.

– Il paraît que tu es une amie de sa femme, Anne-Marie.

– Anne-Marie? C'est une Française qui ne parle pas un mot d'anglais! Elle se sent souvent seule lorsque son mari travaille, alors elle vient tricoter pendant que je fais mes pizzas. On ne comprend ni l'une ni l'autre un traître mot de ce que nous nous disons... mais je l'aime bien!

– Comment trouves-tu le temps de faire toutes ces choses? Entre les études, la *Boîte à Pizzas*...

– Je ne dors plus et je ne mange qu'une fois par jour.

– Je comprends que tu n'aies pas de temps pour les hommes...

– Les hommes m'importent peu.

– Je vais changer tout ça, lança Jake.

– Tu as de la chance qu'Alexandra ne puisse pas t'entendre. Si elle savait comme tu me parles...

– Ça n'a rien de scandaleux, dit-il en s'approchant d'elle.

Il lui chuchota quelques mots avant de s'éloigner, un sourire jusqu'aux oreilles.

– Voilà! Ça c'est scandaleux!

Mme Giovanni passa devant eux, une bouteille de détergent dans les mains.

– Vous avez de la chance d'avoir un jeune homme comme celui-là, remarqua-t-elle. Il s'occupe bien de vous.

– Tu vois? renchérit Jake. Même Mme Giovanni trouve que je devrais m'occuper de toi.

– Je n'en ai nullement besoin, merci, répliqua Berma.

– Mais si.

– Pas de la façon dont tu l'entends.

– Surtout de la façon dont je l'entends, rétorqua-t-il du tac au tac.

– Je sais parfaitement ce dont j'ai besoin. Et ce n'est pas ce que tu penses.

– Tu crois? Pourtant ce serait tellement drôle! dit-il en lui tendant la poubelle. Tiens. C'est le papier peint que j'ai pu décoller des murs de la chambre.

Berma obéit en marmonnant.

– Je savais que cet homme était un danger public. Je le savais!

– On dirait qu'on t'a marché sur les pieds, remarqua Jessie sur le seuil de la *Boîte à Pizzas*.

– C'est ce Jake Sawyer.

– Il est vraiment formidable, hein?

– Il n'a qu'une chose dans la tête.

– Ne le sous-estime pas, ma chérie. Il est amoureux de toi.

– Mais... nous nous connaissons à peine!

– Parfois le cœur est bien en avance sur la tête. Il t'aime.

– Il ne me l'a jamais dit! s'indigna Berma.

– Il ne le sait peut-être pas lui-même. Ou peut-être qu'il a peur. Tout comme toi...

– Mais je n'ai pas peur.

– Ce n'est pas beau de mentir, gloussa Eléna. Il faut que tu sois plus souple, ma chérie. Ce n'est pas tous les jours que l'on rencontre un Jake Sawyer.

– Un homme si bien bâti! renchérit Jessie, une étincelle dans les yeux.

5

APRÈS une épuisante tournée de livraisons, Berma réussit avec beaucoup de mal à s'extraire de la voiture. Elle jeta un coup d'œil dans la vitrine de la *Boîte à Pizzas* pour découvrir qu'il n'y avait pas un chat – à part Jake – et elle en remercia le ciel. Elle n'aurait pas eu assez d'énergie pour se montrer agréable envers des clients. La jeune femme poussa la grande porte vitrée et se laissa tomber sur une chaise.

– Quelle mine épouvantable! lança Jake, les yeux écarquillés.

Berma lui montra son pantalon déchiré, puis ses cheveux trempés.

– Chien, expliqua-t-elle. Et enfant farceur.

– Ça arrive souvent?

– On a vu pire. Où sont les dames?

– Je leur ai donné leur soirée. Elles étaient toutes fatiguées. Et toi encore plus qu'elles. Rentrons à la maison.

– D'abord, il me faut nettoyer les fours, le sôl, les...

– Dehors! ordonna Jake en montrant la porte du doigt.

Berma n'avait pas la force de discuter. Elle suivit mollement Jake jusqu'à la voiture, s'y installa et songea à la façon dont il avait dit « Rentrons à la maison », comme si elle habitait avec lui... Ça ne serait peut-être pas si mal, après tout, songea-t-elle en s'endormant vaguement, victime du bercement de la voiture.

« Si j'habitais là, rêvassait-elle, je verrais de vrais arbres tous les jours... Je marcherais pieds nus sur la pelouse. Sans responsabilités, libre comme l'air, cheveux au vent... »

– Réveille-toi, fit Jake. Nous y sommes.

– Déjà?

Elle suivit Jake jusque dans la maison et se demanda pourquoi elle s'y sentait si à l'aise. Il n'y avait pratiquement pas de meubles. Soudain, ses rêves brisés refirent surface. Des rêves de petits enfants dans leurs lits, qu'elle aurait bordés le soir en compagnie d'un mari digne de ce nom. Elle s'était mariée en espérant fonder un foyer, avec l'idée d'une maison emplie des bruits d'une famille heureuse. Mais quelle déception! Alain n'avait absolument pas les mêmes aspirations qu'elle. Ça n'avait rien été d'autre pour lui qu'un arrangement provisoire...

– Quelles pensées perturbent ces jolis yeux bleus?

– Je pensais que cette maison devrait être habitée par des enfants.

– Tu as raison. Elle sera parfaite, remplie d'enfants et de chiens.

Avait-il bien dit « sera? » Il n'avait pas d'enfants, ni de chiens. Avait-il acheté la maison pour quelqu'un d'autre? Un investissement? Il avait des projets. Pire! Une fiancée. Était-elle enceinte?

– Quand as-tu mangé pour la dernière fois? demanda soudain Jake.

– Euh... Je ne me souviens pas.

– Tu as dîné, au moins?

Berma se souvint qu'elle n'avait eu que le temps d'avaler une tablette de chocolat de toute la journée. Elle aurait préféré une salade, mais elle n'en avait pas eu le temps.

– Pourquoi?

– Parce que..., dit-il en ouvrant la porte du réfrigérateur. Il n'y a pas grand-chose à manger, ici... Je dîne souvent chez ma sœur, expliqua-t-il en prenant une boîte de Corn Flakes et un litre de lait. Elle n'habite pas loin.

Il lui servit un bol qu'elle regarda sans y toucher.

– Je n'ai pas l'énergie de manger, dit-elle mollement.

Sans mot dire, Jake se leva pour lui préparer un milk-shake qu'il lui tendit.

– Tiens. Bois, puisque tu ne veux pas manger.

– Mais tu as mis un œuf dedans.

– Pour les vitamines. Tu ne le sentiras même pas.

– C'est délicieux.

Jake lui prit le verre vide qu'il rangea dans l'évier. Il passa le bras autour des épaules de Berma et la poussa dans l'escalier.

– Allons nous coucher.

– Je dors sur le divan.

– J'ai fait livrer des lits, aujourd'hui. Les dames ont chacune une chambre.

– Et puis?

– Et puis tu dors avec moi, conclut-il en ouvrant la porte de sa chambre.

– Oh, non, Jake. Je suis réellement épuisée.

– Ne t'inquiète pas. Le jour où nous partagerons le même lit, je te veux en pleine forme.

Berma resta un instant bouche bée. Il avait bien dit « Le jour où »... Était-ce inévitable? Après avoir déposé le pyjama bleu roi dans les bras de la jeune femme, il l'embrassa sur le nez et sortit de la pièce, refermant la porte derrière lui.

Berma s'éveilla dans le lit le plus grand et le plus confortable qu'elle eût jamais connu. Ç'aurait été une façon merveilleuse d'ouvrir les yeux, lentement, avec un pyjama délicieux sur le dos, si seulement... Si seulement elle n'avait pas la curieuse impression d'être épiée. Prudemment, elle ouvrit un œil.

– Hello, chantonna Jake.

Berma se couvrit jusqu'au cou avec les draps.

– Qu'est-ce que tu fais là?

– Je dois changer de vêtements. Tu veux prendre une douche?

Berma l'observa, méfiante. Il avait une serviette sur l'épaule.

– Et toi?

– Oui. Mais je veux bien la partager avec toi.

– Tu es trop bon, dit-elle, ironique.

– Je fais des merveilles avec des bulles de savon, persista-t-il.

– Je ne veux pas en savoir plus.

Jake s'assit sur le lit et passa la main sur le col du pyjama de Berma.

– Tu es si désirable, ce matin... toute chaude et tout ébouriffée. Ce tissu te rend douce à merveille.

Le désir de Jake brillait dans ses yeux, tandis que de ses mains il parcourait des chemins secrets, traçant des routes interdites sur le corps de Berma.

– Tu sens ma main? lui demanda-t-il en se penchant pour l'embrasser.

Non seulement elle la sentait, mais elle-même était prête à éclater. Un éclair de chaleur torride l'envahit.

– Et si nous prenions un bain ensemble? demanda-t-il enfin. Je te passerai du savon partout, dit-il en illustrant ces paroles de gestes tendres et sensuels.

Berma perdit le fil de ses pensées. Elle attrapa le col de Jake et enfoui son visage contre son torse.

– Nous devrions nous arrêter, souffla-t-elle. Je n'ai plus mes moyens. Je ne me suis jamais sentie aussi peu... maîtresse de moi-même.

– C'est parce que c'est spécial, entre nous deux.

– Oui, mais c'est plus que ça. Je n'ai jamais rien senti de semblable.

Jake la fixa, incrédule.

– Mais tu as été mariée pendant quatre ans. Tu n'as jamais rien éprouvé, avec ton mari?

– Comment t'expliquer? C'est délicat... Rien ne se passait pour moi.

– J'espère ne jamais le rencontrer, ce type.

– Ce n'était pas entièrement sa faute. Le mariage n'a fait qu'aggraver les problèmes que nous avions au départ. Alain était tout le contraire de moi. Il était... un anti-moi. Lorsque j'étais nerveuse, il était calme. J'avais besoin de son ordre. Lui, il avait besoin des émotions que je savais lui procurer. Nous pensions qu'ensemble, nous nous transformerions. Hélas, la vie n'est pas si simple. Plus ça allait et moins j'étais sûre de moi. Et lui, il devenait silencieux, renfermé. Il s'est tourné vers d'autre femmes pour se rassurer. Il essayait peut-être de se convaincre de sa virilité...

Des bruits de pas retentirent dans le couloir, s'arrêtant devant la porte.

– Si quelqu'un veut prendre un bain, c'est le moment ou jamais, chuchota Eléna, du couloir. Vite, avant qu'Alexandra se réveille.

Jake esquissa un sourire.

Berma arriva la dernière à table. Elle s'assit sur un cageot et se servit de céréales en prenant soin de ne pas regarder Jake. Elle ne savait plus où se mettre après lui avoir raconté toute sa vie! Quelle imbécile! Elle remplit son bol de lait.

Pan! Un flocon de céréale sauta du bol pour atterrir sur l'épaule de Berma. Pop! Pan! Vlan! Ses céréales explosaient!

Un flocon toucha le front d'Alexandra.

– On m'a tiré dessus! s'exclama-t-elle. Quelqu'un me tire dessus!

Eléna plongea sous la table.

– Mais non, gronda-t-elle. Ce sont les céréales!

Jake se précipita pour enlever le bol.

– Tiens, s'étonna-t-il en le couvrant d'une assiette. Ça n'était encore jamais arrivé.

– Qu'est-ce que c'est? demanda Berma.

– C'est bizarre. J'ai du rater ma recette, dit-il en prenant la boîte et en se dirigeant vers la cave.

Alexandra secoua la tête.

– Le Foyer était plus calme que cela.

– Oui, mais quelle ennui! se souvint Eléna en enlevant les céréales de ses cheveux. Il n'y avait que des vieux...

– Et puis nous sommes très bien ici, ajouta Jessie.

Berma fixa la porte de la cave en se demandant ce qui s'y passait. Elle se leva de table pour suivre Jake.

– Puis-je entrer? demanda-t-elle du haut de l'escalier.

– A tes risques et périls!

La cave était grande et remplie d'objets de toutes sortes: des cerfs-volants, des pneus de vélos, des maquettes d'avions suspendus au plafond. Des murs d'étagères pleins de bouteilles, de pièces de robots, de matériel informatique et de sacs de blé, d'avoine et de riz. Des jouets dans tous les coins: des poupées décapitées, des ours en peluche, des patins à roulettes motorisés, des puzzles... Jake était assis derrière un grand bureau en bois, fixant avec intensité un flocon prélevé du bol de céréales. Berma vint derrière lui.

– J'ai l'impression d'être Alice au pays des merveilles...

– Les jouets ne m'appartiennent pas tous. Certains appartiennent aux enfants de Catherine. Je les répare. Les avions, les cerfs-volants et les pneus sont à moi. Pas le reste.

– Tu m'as dit que tu n'avais pas de jouets.
– J'ai menti, avoua-t-il.
– Tu me mens souvent?
Jake se retourna pour faire face à Berma.
– Par omission, oui. Je ne t'ai jamais dit pourquoi je te désirais tant. Tu veux savoir?
– Oui, répondit-elle machinalement. Euh, je veux dire non.
– Décide-toi.
Berma s'assit sur la selle d'un tricycle géant.
– Vas-y. Je suis prête.
– Eh bien voilà. Nous allons nous marier, acheter quelques chiens et faire des enfants. Une centaine...
Berma sauta du tricycle.
– Tu es fou!
– Bon, bon, pas une centaine. Nous en discuterons. En fait, un ou deux suffiraient.
– Non, jamais de la vie! Je ne veux plus jamais me marier. Une fois suffit. Et même si je voulais, mentit-elle, ça ne serait pas avec toi!
– Pourquoi pas? demanda-t-il, feignant d'être blessé. Qu'ai-je donc d'abominable?
– Rien. Là est le problème. Tu n'as rien de travers.
– Tâche donc d'être plus claire, fit Jake en la scrutant d'un air sévère.
– Je n'en ai pas le temps. Je dois aller faire les pizzas, laver le sol, étudier un cours d'histoire de l'Art... Puis-je prendre le minibus?
– Non. Je t'y conduis. Ça nous donnera plus de temps pour discuter.
– Mais... Mais je ne veux pas discuter! lança-t-elle en riant.

La nuit tombait. Jake et Berma étaient assis dans le minibus, en bas d'un immeuble tout en briques.

– C'est moi qui vais livrer cette pizza, revendiqua Berma.

– Ah, non. C'est moi. Il est dix heures du soir, nous sommes au beau milieu d'un quartier mal famé, je ne vais pas rester là à attendre que tu te fasses attaquer. J'y vais, insista-t-il.

– Je suis déjà venue ici, persista-t-elle.

– Eh bien alors, chacun son tour! dit-il en prenant la boîte de pizza. Verrouille la portière quand je serai dehors.

– Tu livreras cette pizza le jour où les poules auront des dents!

– Tu en as bien! lança-t-il en claquant la portière.

– Oh! pestait Berma en le suivant dans l'immeuble. Je ne supporte pas qu'on me donne des ordres. C'est ma pizza! Et dire qu'il voudrait que je l'épouse. Ça! Tu peux toujours courir.

Elle le rattrapa au moment où il encaissait l'argent.

– Elle est folle de moi! s'exclama-t-il à l'intention du client. Elle me suit partout, ajouta-t-il en passant le bras autour de la taille de Berma. Je sais quel mal tu as à te séparer de moi, chérie, mais tout de même, tu aurais pu m'attendre dans la voiture.

Jake ouvrit le porche et scruta la rue déserte.

– Où est la voiture?

La voiture... La voiture avait disparu, tout simplement!

Il était presque une heure du matin lorsqu'enfin Jake et Berma arrivèrent à la maison. Silencieusement, ils allèrent dans la cuisine se préparer un gigantesque festin d'œufs en gelée, de saumon fumé, de fraises et de glace à la vanille.

– Chérie?

– Oui, soupira Berma.

– Ça ne fait rien. Je louerai un autre minibus demain matin.

La police était fort compatissante. Après tout, c'était le deuxième véhicule qu'ils se faisaient voler en moins d'une semaine.

– En moins de huit jours, je perds une Jeep, je me fais voler deux voitures et mon appartement passe à la rôtissoire. Tu penses que c'est un signe?

Jake haussa les épaules.

– C'est une façon de voir les choses, dit-il.

– Quel est l'autre façon? demanda Berma.

– Tu t'es fait un ami.

Berma sourit, émue.

– Oui, c'est vrai, admit-elle en sentant les larmes lui monter aux yeux.

Tandis qu'elle grignotait une dernière fraise, la conversation qu'ils avaient eue dans la cave lui revint en mémoire. Jake était-il sincère?

Mais non, se dit-elle. On n'annonce pas comme ça à une femme que l'on souhaite l'épouser et faire des centaines d'enfants! Jake avait eu tout le temps de s'expliquer, dans la voiture, mais il n'avait plus abordé le sujet. Elle se sentait déçue et c'était bien ce qui l'inquiétait.

« Je ne tomberai pas amoureuse de lui », décida-t-elle.

Jake lui prit la main et, tendrement, l'embrassa. Berma se dégagea.

– N'embrasse pas ma main, prévint-elle.

– D'accord. Où préfères-tu que j'embrasse?

– Nulle part.

Il lui reprit la main et l'embrassa au creux de la paume.

– Arrête! ordonna-t-elle.

– Tu joues encore au chat et à la souris?

–Je ne joue à rien du tout, rétorqua-t-elle.

En débarrassant la table, elle se sentait réellement mal à l'aise. Elle n'avait pas l'expérience requise pour ce genre de situation. Elle était trop impressionnée, trop affaiblie par son attirance. Une porte s'ouvrit en haut, dans un grincement, puis les bruits de pas de l'une des trois dames parcoururent le couloir d'en haut, dans toute sa longueur.

– Je te parie cinq dollars que c'est Alexandra, dit Jake en lavant la dernière assiette. Le bruit de ses pas est autoritaire.

– Elle te surveille.

– Je sais. Elle possède un radar intégré qui détecte le contact de nos lèvres, dit-il en la prenant dans ses bras. Je pense d'ailleurs que nous devrions en tester le bon fonctionnement. Nous allons voir combien de temps cela lui prendra pour sortir de la salle de bains.

« Je ne devrais pas le laisser faire », songea Berma tandis que les lèvres de Jake se pressaient sur les siennes. Mais c'était une expérience à caractère scientifique, indéniablement.

– Bonne nuit...

Il illustra ses paroles en caressant la poitrine de Berma avec une passion féroce. Berma poussa malgré elle un gémissement lorsqu'elle sentit le désir de Jake.

La porte de la salle de bains s'ouvrit et l'on entendit de nouveaux des bruits de pas.

– Qui est là?

– Ce n'est que nous, Alexandra, répondit Jake. Nous mangeons un morceau et puis nous nous couchons.

– Il est tard. Les jeunes filles de bonne famille sont au lit, à cette heure-ci.

– Je fais tout mon possible, soupira Jake.

– Seules! précisa Alexandra.

– Pourquoi n'as tu pas adopté des vieilles dames sourdes et muettes?

– Il y a des baisers qui signifient simplement « Bonsoir »..., pouffa Berma.

6

Et maintenant, il recommençait... Quel exhibitionniste! Berma s'enfouit sous sa couette et écouta les bruits de fermetures Éclair et de boutons. Aucune pudeur...

– Ça y est? Tu es habillé?

– Eh bien regarde, tu verras!

Berma n'en ressentit pas le besoin, car elle savait pertinemment qu'il ne l'était pas. Elle le sentait à la façon dont les frissons lui parcouraient le corps.

– Pourquoi faut-il que tu t'habilles dans ma chambre? s'indigna-t-elle.

– Parce que c'est aussi la mienne et que tous mes vêtements sont ici. Et aussi parce que nos trois amies occupent les deux salles de bains. Je suis pressé, ce matin. Et enfin, parce que j'aime te provoquer et qu'avec Alexandra dans les parages, ce n'est pas toujours chose facile.

Il ponctua l'énumération par un baiser sur le front de Berma.

– Tu aurais dû regarder, ajouta-t-il. Ç'aurait été bien plus drôle.

Il portait un pantalon de flanelle grise et une

chemise à rayures roses. Berma le suivit des yeux tandis qu'il fouillait dans son placard.

– Tu aurais vraiment voulu que je regarde? demanda-t-elle.

– Oui.

– Et tu n'aurais pas été gêné?

– Si... mais c'est ça qui est bon, répondit-il en nouant sa cravate. Qu'est-ce que tu penses? Ai-je l'air du parfait petit instituteur?

Il avait plutôt l'air d'un mannequin. Elle se releva dans le lit et tâcha de faire taire son cœur qui battait à tout rompre. Après tout, ce n'était qu'un homme tout à fait ordinaire, en pantalon gris et en chemise, coupés à ravir, certes, et qui soulignaient de près les courbes parfaites de son corps, mais pourquoi aurait-elle dû être nerveuse en présence d'un homme ordinaire? Non. Ordinaire, il ne l'était pas. Pas du tout... Il était éblouissant et elle regrettait de ne pas l'avoir regardé plus tôt.

– Tu es très beau, le complimenta-t-elle. N'importe quel enfant serait fier de t'avoir comme professeur.

– Je vous remercie, mademoiselle, dit-il en lui faisant une courbette. L'agence vous livrera la nouvelle voiture à huit heures. Je dois partir, on m'attend.

Berma l'écouta dévaler l'escalier. Elle se précipita à la fenêtre pour le voir une dernière fois, mais ne vit que la portière du taxi qui se refermait. Ce souvenir la suivit jusqu'en bas, à table, où elle remarqua bientôt un lourd silence. Les trois dames la regardaient fixement.

– Qu'est-ce que vous avez?

– Rien, marmonnèrent les trois dames.

– Rien du tout?

– Non, non.

Berma remarqua alors les tasses et les assiettes propres.

– Vous ne prenez rien?

– Plus tard, peut-être...

Berma se servit un bol de céréales et se figea soudainement au moment de verser le lait. Elle inspecta la boîte, puis le contenu de son bol.

– Ça m'a l'air tout à fait normal, commenta-t-elle.

– Fais attention en versant le lait, dit Eléna. Hier, j'ai mis une heure à me laver les cheveux.

– C'est ridicule, remarqua Berma en versant lentement une goutte de lait dans son assiette.

Les quatre femmes se penchèrent en arrière, méfiantes, attendant une réaction.

– Vous voyez! s'exclama Berma. Ce sont des céréales tout à fait normales.

– Dieu merci, soupira Jessie. J'ai une faim de loup!

Alexandra servit le thé.

– Ça a bien un goût de thé, observa Jessie.

– Oui, c'est du thé, je crois, ajouta Alexandra.

– Je ne sais si je suis déçue ou heureuse, gémit Eléna. En tout cas, reprit-elle, demain matin je me réveille en même temps que Jake, je prends mon petit déjeuner avec lui et je lui fais goûter chaque chose avant moi!

Berma étala une louche de sauce tomate sur la

pâte puis la recouvrit de mozzarelle. Tandis qu'elle versait l'huile d'olive, elle entendit la porte s'ouvrir. C'était Jake, les bras chargés de provisions, suivi d'un homme d'un certain âge, portant lui aussi un sac. Du coin de l'œil, elle vit Eléna s'essuyer les mains à son tablier et se remettre les cheveux en place.

Jake posa les sacs sur le comptoir et en sortit quatre salades toutes préparées.

– Où sont Jessie et Alexandra? demanda-t-il.

– C'est leur jour de congé.

– Asseyez-vous, Micha, proposa Jake en lui montrant un tabouret. Il nous manque deux personnes, vous allez déjeuner avec nous. Berma, Eléna, je vous présente mon bon ami, Micha Chemkine.

– Ravie de vous connaître, fit la vieille dame en lui tendant la main. Je suis Eléna. Voilà une fourchette. Voulez-vous aller au cinéma, tout à l'heure?

Berma haussa les sourcils et s'adressa à Jake.

– Puis-je te parler une seconde?

Jake la suivit.

– A quoi penses-tu, exactement? demanda Berma.

– A ranger les courses.

– Je ne parle pas de ça. Mais... mais qu'est-ce que c'est? Du thon, des yaourts, des oranges?

– Il faut que tu manges!

– Je m'occupe très bien de moi, la plupart du temps.

– Tu exerces sur moi un effet tout à fait bénéfique. Comme une obsession. Je ne pense plus qu'à toi, à t'embrasser. Et...

– Arrête, Jake, veux-tu?

– Si seulement tu y mettais un peu du tien!

Berma essaya de se concentrer, mais elle ne se souvenait absolument plus de quoi elle avait voulu l'entretenir. Était-ce au sujet du thon? Non...

Eléna, pendant ce temps, servait à boire et à manger à Micha.

– Nous pouvons aller à la séance de minuit, lui disait-elle. Avant, je dois aider Berma à fermer la boutique.

– Allez-y, Eléna! J'aiderai Berma à fermer.

– Non! protesta Berma en se dégageant des bras de Jake.

– Si, insista fermement ce dernier.

– Hier soir, tu m'as si bien aidée qu'on nous a volé la voiture. Je n'ai pas besoin de ce genre d'aide, Jake.

Il l'embrassa sur le front.

– Elle m'adore, affirma-t-il à Micha. Mais elle est timide. Vous connaissez les femmes...

Eléna enfila un tricot et attrapa son sac.

– Elle est bien sotte, remarqua-t-elle à voix basse. Elle ne sait pas saisir les occasions.

– Pas comme vous, Eléna..., remarqua Micha en lui adressant un clin d'œil. Ne nous attendez pas, les enfants!

– Qu'est-ce qu'il voulait dire par là? s'étonna Berma lorsqu'ils furent partis.

– Il voulait dire que leur soirée allait très bien se passer et qu'il ne fallait pas que nous les attendions.

– Ce vieux satyre a l'œil sur Eléna!

– Berma! Tu as le même comportement qu'Alexandra.

– Si quelque chose arrive à cette pauvre Eléna, je t'en tiendrai responsable.

– Moi? C'est plutôt pour Micha que je m'inquiète.

Berma sortit plusieurs pizzas du four et les plaça dans des boîtes en carton.

– Ce Micha, qui est-il, au juste? Tu le connais depuis longtemps? demanda-t-elle.

– Euh, bredouilla Jake en regardant sa montre. Environ quarante-cinq minutes. Je l'ai rencontré au supermarché. Je le destinais plutôt à Alexandra, d'ailleurs. Demain j'irai refaire un tour au rayon « surgelés. » C'est un bon endroit pour rencontrer des célibataires.

– Intriguant! Entremetteur! lui lança Berma, furieuse. Je sais ce que tu mijotes. Tu essaies de te débarrasser de mes trois petites dames pour mieux pouvoir me parler de savon!

– Ouais...

– Et tu l'avoues?

– Eléna, Alexandra et Jessie sont des femmes formidables, affirma Jake en s'appuyant au bar, les mains dans les poches. Elles sont vives, intelligentes..., seules. Il ne faut pas être un génie pour comprendre que, de temps en temps, elles ressentent le besoin d'avoir des compagnons. Et il ne faut pas non plus être un génie pour comprendre que jamais je ne pourrai te séduire avec Alexandra dans les parages, ajouta-t-il avec un sourire espiègle. Je pense avoir trouvé une solution adaptée à nos soucis.

– Pas aux miens, objecta Berma. Mon seul souci, c'est de me débarrasser de toi. J'allais très bien avant que tu n'arrives. Je savais exactement où j'allais. J'avais un but, une direction. Maintenant, tout ce que j'ai, c'est ce désir et... des sentiments qui me dérangent.

Jake était heureux d'entendre de telles paroles.

– C'est vrai?

– Je n'en veux pas de ces sentiments-là. Je veux étudier l'histoire de l'Art. Comprends-tu ça?

– Quelle sorte de désirs? demanda Jake en s'approchant d'elle.

– Ça ne te regarde pas, trancha Berma.

– Mais si, ça me regarde, dit-il d'une voix douce.

Il se tenait maintenant si près de Berma qu'elle sentait la chaleur qu'il dégageait.

– Raconte-moi..., la taquina-t-il d'une voix mielleuse.

– Non, jamais de la vie.

– Je vais devoir te torturer pour te faire parler...

Berma en resta paralysée. Elle ne pouvait comprendre exactement ce qu'elle ressentait. Mais ce dont elle était sûre, c'était que cet homme-là était une boule de charme.

– Ma salade? demanda-t-elle en retrouvant enfin sa voix.

Jake éclata de rire.

– Tu pourras toujours te cacher, mais pas t'échapper, affirma-t-il.

– Demain, mon appartement sera repeint. Après, la nouvelle moquette sera posée. En attendant, je tâcherai de m'occuper l'esprit. Il y a assez à faire avec les pizzas et l'histoire de l'Art.

– Mmmm.

C'était un « mmm » plein de sous-entendus, songea Berma. Un « mmm » qui ne trahissait aucun découragement, ni même le moindre soupçon d'appréhension. Un « mmm » plein de suffisance.

La pluie battait contre les vitrines de la *Boîte à Pizzas*, plongeant la boutique dans une obscurité morose. Les fours réchauffaient le dos de Berma, mais les néons ne dissipaient en rien la mélancolie de ce mois d'avril. La porte s'ouvrit et deux hommes entrèrent, s'essuyant les pieds sur le paillasson. Leur réaction première fut de renifler l'air de la boutique.

– Si j'étais vous, fit le premier, j'installerais mon lit ici. Ça sent bon!

– Vous avez fini? demanda Berma en leur tendant deux parts de pizza. La moquette est posée?

– Oui. Je n'ai jamais été si content d'achever un chantier de ma vie, s'exclama le deuxième. Ne le prenez pas mal, mais franchement, votre appartement sent vraiment mauvais.

Le visage de Berma s'embrasa malgré elle.

– Il y a eu un incendie, expliqua-t-elle. Et on vient de repeindre.

– Mais qu'est-ce que vous avez employé comme peinture? Ça sent la vieille chaussette.

– Pire, renchérit l'autre ouvrier, la vieille chaussette mouillée.

– Je devrais peut-être aller voir. Jessie! Eléna! appela-t-elle. Je reviens tout de suite.

En arrivant en haut de l'escalier, ses yeux commencèrent à piquer. La peinture, la moquette, et cette odeur... Ils avaient raison, l'odeur était véritablement épouvantable. Pourtant, les murs étaient blancs, la moquette de bonne qualité et les fenêtres étincelantes. Et puis elle allait acheter de nouveaux rideaux et un canapé avec l'argent de l'assurance. Berma entendit des pas et se retourna pour voir arriver Jake qui l'embrassa comme si elle lui appartenait. Des baisers de mari; bonjour, au revoir, bonne nuit.

– Mais qu'est-ce que c'est que cette odeur? demanda Jake en souriant.

– Mon appartement, se lamenta Berma. Comment pourrai-je vivre ici?

– Ne t'inquiète pas. Ça passera. Ce doit être un mélange de peinture et de moquette neuve.

Berma avait envie de crier. Elle devait s'échapper de lui! Comment pourrait-elle encore souffrir de dormir chez lui, d'utiliser sa douche?

– Tu as l'air toute chose, observa Jake. Désespérée, même.

C'était le terme juste. Mais elle ne tenait pas à ce qu'il le sache.

– Mais non, mentit-elle. Je suis déçue, voilà tout. Je comptais réemménager ce soir.

– Évidemment, c'est impossible... Tu devras rester un peu plus longtemps avec moi, dit-il gaiement.

– L'odeur se sera peut-être dissipée demain.

– Oui, s'il arrête de pleuvoir, tu pourras ouvrir les fenêtres. Mais sinon...

– Ce n'est pas pour te déplaire, à ce que je vois.

– J'aime t'avoir dans mon lit.

– Vous avez une drôle de façon de tourner vos phrases, Jake Sawyer.

– Je rêve... Pas toi? demanda-t-il, l'étincelle à l'œil.

– Non, absolument pas. Je ne rêve jamais.

– Tu es une andouille, alors..., affirma-t-il en lui passant le bras par-dessus l'épaule. Comment vont les affaires, aujourd'hui? Où est Alexandra?

– Elle n'est pas là cet après-midi. C'est Jessie qui est de service.

– C'est une blague? demanda Jake en s'arrêtant net. Elle m'a dit qu'elle travaillait aujourd'hui.

– Mais elle a demandé à Jessie de la remplacer... Pourquoi toutes ces questions?

– Tiens, prends mon imperméable et descendons.

Jessie ne leva même pas les yeux lorsque Jake et Berma firent irruption dans la boutique. Elle apprenait à un monsieur d'un certain âge l'art de faire les pizzas.

– Mais vous êtes très doué, le complimentait-elle.

– J'étais cuisinier dans la marine. Après, je suis devenu boucher. J'ai tenu ma propre boucherie pendant quarante ans. Je n'aurais jamais dû prendre ma retraite, ajouta-t-il en secouant la tête. Ma femme et moi, nous comptions voyager, mais elle est morte avant que nous ayons eu le temps de rien faire.

– J'en suis navrée, murmura doucement Jessie.

– Je vous en remercie.

Berma fixait Jake, les yeux exorbités.

– C'est encore toi le responsable! accusa-t-elle.

– Il était destiné à Alexandra.

– Tu pensais caser Alexandra avec cet homme? Il a une moustache!

Jessie mit la pizza au four et fit signe à Berma de s'approcher.

– Berma! Je te présente Clem Forrest. Je lui montrais comment faire une pizza.

– Bonjour, mademoiselle, la salua-t-il en tendant la main. Appelez-moi Clem. Je suis un ami de Jake.

– Nous sommes inondées de commandes à domicile, ce soir, annonça gaiement Jessie. Personne ne veut sortir dîner, avec cette pluie.

– Viens, Berma, appela Jake en entassant les boîtes de pizzas sur ses bras. Tu conduis, je livre.

– Mais où est Eléna? demanda Berma.

– Elle vient de partir, répondit Jessie. Elle avait un rendez-vous.

– Ne vous inquiétez de rien, mademoiselle, dit Clem. J'aiderai Jessie jusqu'à ce que vous reveniez.

– Mais qui est-ce? demanda Berma à voix basse. Encore une de tes trouvailles du supermarché?

– C'est le beau-père de ma sœur, répondit Jake.

– Oh!

Berma se glissa derrière le volant et démarra. La pluie tambourinait sur le toit de la voiture et le ciel était noir.

– Premier arrêt?

– Route de Sudley.

– Mais c'est très loin, s'étonna Berma. Rien de plus près?

– Non.

« Encore une soirée pénible, en perspective », songea Berma.

C'était déjà assez difficile de gagner de l'argent.

S'il fallait en plus parcourir des kilomètres et des kilomètres... D'ailleurs, les bénéfices devenaient minimes lorsqu'elle faisait tant de chemin. Jake se détendit sur son siège, heureux de son sort. Berma ne put s'empêcher de penser que parfois, la vie était bien agréable auprès de lui. La vie était bien étrange. En arrivant route de Sudley, Jake surveilla les numéros.

– C'est là, à gauche, dit-il en prenant la boîte de pizza.

Berma ferma les yeux lorsqu'il revint quelques instants plus tard, trempé. Jamais il n'avait accepté d'elle un salaire. Pourtant, il travaillait tous les soirs en rentrant de l'école. Elle commençait à dépendre de ses services, ce qui ne faisait qu'augmenter son sentiment de culpabilité. Au bout de la troisième livraison, Jake ne mit même plus son capuchon avant de sortir de la voiture. Après la cinquième, il enleva ses chaussures et roula son pantalon à mi-mollets. A la septième pizza, il faisait nuit noire.

– C'en est assez, s'exclama Jake. Rentrons. Je n'en livrerai plus.

– Mais il nous en reste une à livrer, protesta Berma.

– Tant pis. Ils n'auront qu'à manger des pâtes. J'ai froid, je suis trempé et tout cela est idiot. Tu ne fais même pas de bénéfices avec tes livraisons à domicile.

– Mais je livre toujours...

– Plus maintenant. Nous rentrons à la maison. J'ai à te parler.

– De quoi? demanda Berma.

– Nous allons parler de la *Boîte à Pizzas*. Et de nous deux.

– Mais il n'y a rien à en dire. Le restaurant marche bien. Quant à nous deux... Tu es très gentil, mais...

– Gentil? répéta Jake. Tu me trouves gentil?

– Eh bien, oui.

– J'ai été « gentil » avec nos trois petites dames, mais je n'ai pas été « gentil » avec toi. Je n'attends qu'une seule chose: qu'Alexandra parte, que je puisse t'avoir à moi pendant dix minutes. Nous ne sommes seuls que lorsque je t'aide avec les livraisons. Et encore, ce n'est pas ce que je qualifierais de romantique! Soit je suis plongé dans une carte, soit tu dors à côté de moi.

– Je sais bien. Je ne cesse de te répéter que je n'ai pas le temps.

– Tu ne veux pas prendre le temps. Tu as une peur bleue de tomber amoureuse depuis que ton mariage a échoué, dit-il en lui caressant la joue. Laisse-toi aller, Berma. Donne-toi une deuxième chance.

– Tu ne comprends pas.

– On dirait que pour toi, l'amour est une maladie mortelle.

– Je me sens coupable de n'avoir pas livré cette dernière pizza, avoua Berma en garant la voiture.

– Moi pas. Ceux qui l'ont commandée ont sûrement mangé autre chose, depuis le temps. Avec cette pluie, nous avons mis plus de deux heures pour livrer sept pizzas. Je te propose de la réchauffer et de la manger, dit-il en lui ouvrant la porte de la cuisine. Je reviens tout de suite. Je vais prendre une bonne douche chaude et me changer.

Berma fit les cent pas dans la cuisine. Jake avait tort. Elle ne se rendait pas inaccessible par peur de tomber amoureuse. Mais elle avait des priorités. Des projets... des projets qu'elle commençait à mépriser, par la faute de Jake. Elle entendit l'eau s'arrêter. Jake était sorti de la douche. Elle griffonna un mot pour dire qu'elle allait rejoindre Jessie à la *Boîte à Pizzas*.

S'enfuir? Elle? Et comment!

Berma entra dans la cuisine sur la pointe des pieds. Il était minuit. Avec un peu de chance, elle ne réveillerait personne. Elle traversa doucement la pièce, les yeux rivés sur le sol et étouffa un cri lorsqu'elle trébucha sur Jake.

– Il est tard, dit-il d'une voix douce et paresseuse.

– Jessie et Clem sont partis tôt et je suis restée pour nettoyer les fours.

Elle sentait le souffle de sa respiration dans ses cheveux pendant qu'il lui caressait les épaules, la nuque. Il la tira à lui et prit alors doucement possession de sa bouche, puis plus fermement, provoquant en elle une myriade de frissons.

– Ah, murmura-t-il, il y a quelqu'un dehors.

– Jessie, peut-être?

Ils entendirent la porte, puis des voix.

– Jessie, je vous remercie pour cette délicieuse soirée...

Ils ne purent distinguer la réponse de Jessie qui fut suivie d'un long silence.

– Oh, s'écria Berma. Tu ne penses pas tout de même qu'ils...

– Il a plus de chance que moi, le vieux.

Ils entendirent alors le pas, reconnaissable entre mille, d'Alexandra, et le salon s'illumina.

– Jessie! articula Alexandra.

– Alexandra, je te présente Clem Forrest. Nous nous disions justement bonsoir.

– Un moustachu!

– N'est-ce pas merveilleux? soupira Jessie.

Une portière de voiture claqua et peu après Eléna et Micha étaient dans la pièce.

– Comment? s'étonna Eléna. Mais vous ne dormez donc jamais? Comment peut-on être seul deux minutes, avec vous tous plantés là comme des piquets?

Clem regarda Micha et le prit par le bras.

– C'est l'heure de partir, dit-il.

Ils firent une sortie rapide.

– Et voilà, Alexandra, soupira Eléna. Tu les a faits fuir.

– Considère cela comme une épreuve. S'ils vous aiment sincèrement, ils reviendront! se justifia Alexandra.

– Allons dans la cuisine prendre une tasse de thé, proposa Jessie en souriant. Il faut que je vous raconte...

7

BERMA buvait son jus d'orange en regardant Jake du coin de l'œil. Il fixait son café, perdu dans ses pensées, ses sourcils froncés lui donnant un air plus sombre que d'habitude, plus séduisant, aussi. Berma avait réussi à l'éviter depuis leur brève étreinte dans la cuisine. Elle avait besoin de répit pour mettre de l'ordre dans ses propres sentiments car depuis leur rencontre, elle n'avait cessé de changer d'attitude. Elle se faisait un peu l'impression d'une adolescente qui, effeuillant une marguerite, épouse, l'une après l'autre, la cause de chacun des pétales; un peu..., beaucoup..., pas du tout...

Au début, elle avait éprouvé pour lui une attirance physique si forte qu'elle l'avait combattue comme elle aurait combattu n'importe quelle tempête intérieure. Mais il portait en lui une force qui la rassurait, un sérieux heureusement contrebalancé par une légère excentricité. Il aimait les voitures de luxe, mais sa maison était un véritable foyer, et c'était justement de cela que Berma avait peur. Allait-elle une fois encore se laisser prendre au piège de la facilité? Jake était le genre d'homme dont toutes les femmes auraient rêvé. Pourtant, quand Berma pensait au mot attachement, son estomac se tordait et elle entendait des cloches y sonner à toute volée.

Eléna n'avait pas remarqué leur préoccupation. Elle contemplait le curieux œuf, au jaune couleur framboise, qui reposait dans son assiette.

– On dirait de la gelée... C'est ça, c'est de la gelée?

– Non, pas de la gelée, répondit Jake.

La vieille dame tenta de poser son couteau sur « la chose » qui immédiatement glissa vers l'autre bord de son assiette. Berma avait le même dans son assiette – en vert.

– Tu es sûr que ça se mange?

Jake bondit sur sa chaise.

– Bien sûr que ça se mange! C'est entièrement naturel, et plein de protéines!

– Et pourquoi est-ce que c'est vert?

– C'est de l'extrait d'épinard...

Berma fit glisser l'objet sur sa cuiller en le regardant d'un air dégoûté.

– Et... ça se mange comment?

Jake se passa la main dans les cheveux.

– Eh bien c'est ça qui est amusant.

– Vous avez une conception étrange de l'amusement, l'interrompit Alexandra.

– Ça n'a pas l'air de quelque chose qui se mange au petit déjeuner, renchérit Eléna. A sept heures du matin, on a pas forcément envie de poursuivre sa nourriture.

Alexandra regarda sa montre.

– Il n'est pas sept heures, mais neuf heures trente. Et nous sommes samedi.

– Et alors? N'importe comment, il est trop tôt.

Jessie regarda dédaigneusement Eléna.

– Si tu te couchais à des heures raisonnables, tu serais mieux à même d'apprécier le petit matin. D'ailleurs, une femme de ton âge qui reste si tard dans la nuit en compagnie d'un inconnu, je trouve ça dégoûtant. C'est dégoûtant!

– Qu'est-ce que tu veux dire par « une femme de ton âge? » Je ne me suis jamais sentie aussi jeune que depuis que j'ai un prétendant!

La vieille dame tournait pensivement sa petite cuiller.

– Je crois que je suis amoureuse.

Alexandra secoua la tête.

– Toi, ce sont les silencieux qui te plaisent. Deux ou trois longs silences, et la voilà qui danse dans la rue!

– C'est comme dans cette série, à la télévision; tu sais, sur le bateau, avec une nouvelle croisière à chaque épisode... Nous tombons toutes amoureuses les unes après les autres. Eléna et Clem, Micha et moi, Berma et Jake...

– Berma n'est pas amoureuse de Jake! s'écria Berma, coupant Jessie.

Jake la regardait avec étonnement.

– Oh si, tu es amoureuse, n'importe qui le verrait, lui lança Alexandra.

Berma serra les dents et, posant sa fourchette sur le faux œuf, elle visa de son couteau le sommet de l'« objet. »

« Si Jake dit un seul mot, je lui lance mon assiette à la figure », se promit-elle.

– Comment sais-tu que je ne suis pas amoureux? demanda-t-il.

– Parce que ça prend du temps pour devenir amoureux. Nous nous connaissons depuis si peu!

– Ah oui? Eh bien moi je pense que je te connais plutôt bien!

Berma rougit. Elle allait dire quelque chose, mais Alexandra ne lui en laissa pas le temps.

– Hélas! Je suppose que pour ma part, j'ai raté la croisière d'amour.

Eléna l'entoura d'un bras protecteur.

– Ne t'en fais pas, ma chérie, Jake va sûrement te trouver quelqu'un.

Alexandra se redressa sur sa chaise.

– Je ne veux pas qu'on me trouve un homme. Si je voulais un homme, je le trouverais toute seule. Ça ne m'ennuie pas du tout d'être seule... Ça ne m'ennuie pas du tout...

Jake, les mains derrière la tête, se balançait sur sa chaise avec un grand sourire. Berma le regardait et il le savait, lui qui arborait son plus bel air de vainqueur. La sonnette de la porte retentit et tout le monde sauta en l'air, y compris Jake qui faillit tomber à la renverse.

– Mon Dieu, c'est bien la première fois depuis que nous sommes ici, n'est-ce pas, mes amies?

Les quatre femmes regardèrent Jake tandis qu'il ouvrait la porte et recevait, des mains du postier, un pli cacheté qu'il tendit à Alexandra.

– Quelqu'un est mort! s'exclama la vieille dame sans ouvrir la lettre.

– Je ne pense pas, il y a un cachet... Ça vient d'une agence de voyages.

Alexandra porta l'enveloppe à ses yeux pour tenter de voir au travers.

– Alors c'est une de ces satané publicités qu'on vous envoie à tour de bras pour peu que vous ayez une adresse fixe, conclut la vieille dame.

Mais Jessie lui arracha la lettre des mains et la décacheta rapidement.

– Nous sommes tous là à nous demander ce qu'il y a là-dedans, Alexandra, et toi tu...

Jessie se tut. Son visage se transformait à mesure qu'elle lisait le contenu de la missive.

– Alexandra! Tu as gagné une croisière en bateau.

Berma se tourna vers Jake avec un regard plein de suspicion.

– C'est merveilleux. Il faut toujours profiter de la chance quand elle vous sourit! lança-t-il vers la jeune fille.

Mais Jessie poursuivait sa lecture.

– Ton nom a été tiré au sort. Ils disent que tu as gagné cette croisière parmi des milliers d'autres vieilles dames. Tous frais payés. C'est formidable, je connais ces croisières – enfin, de réputation... Gloria en a fait une, l'année dernière... il paraît que c'est fabuleux!

– Je ne sais pas... Une croisière, toute seule... Il faut que j'y réfléchisse.

– Alors réfléchis vite, parce que le bateau, lui, part demain matin! reprit gaiement Jessie.

Eléna contemplait une brochure en couleur.

– Le bateau a vraiment l'air joli. Dire que je ne suis jamais monté sur un paquebot, soupira Alexandra en regardant les photos par-dessus l'épaule de son amie.

– N'est-ce pas incroyable?

– Allez, c'est décidé, j'irai, s'écria Alexandra en se levant de sa chaise. Il faut que je vous dise... J'ai très très peur...

Berma, tout en regardant la brochure à son tour, revoyait mentalement la garde-robe de la vieille dame. Elle aurait besoin d'une robe pour le soir, et pour la journée, et d'autres affaires pour la chaleur, et pour le froid : toutes choses qu'elle n'avait pas, ayant depuis longtemps vécu dans le plus grand dénuement.

– Une tasse de café, marmonna-t-elle en se levant.

Dans la cuisine, la jeune fille cassa la tirelire dans laquelle elle avait placé les maigres économies qu'elle avait pu amasser depuis la disparition de la Jeep, pour la remplacer. Après tout, c'était un cas d'urgence. Elle suspectait bien Jake d'être derrière le billet, et pas forcément pour des raisons entièrement avouables. Mais pour l'instant, ce n'était pas le plus important. La vieille dame avait l'occasion de faire quelque chose de vraiment spécial. Berma compta l'argent étalé sur le comptoir. Trois cents dollars, c'était peu, mais cela suffirait sûrement à lui assurer une apparence honorable.

Berma, après une révérence parfaite, tendit ses mains pleines de billets vers Alexandra.

– Veuillez, madame, donner à vos admirateurs... le plaisir de participer modestement au voyage... Qu'en échange de cette menue monnaie vous soient donnés... les atours que vous méritez.

Puis Berma se tourna vers Jessie et Eléna.

– Mesdames, aujourd'hui vous êtes dispensées de pizza. Accompagnez Alexandra dans les magasins. Et surveillez-la pour qu'elle ne se dévoie pas en compagnie des vendeurs... Alexandra, il faut vous réserver pour la croisière.

– Peut-être que j'en séduirai un ou deux, juste pour l'entraînement!

Berma se retint de rire; était-ce bien Alexandra, cette vieille dame un peu aigrie qui la prenait dans ses bras?

– Je sais que cet argent, c'est celui de la Jeep. Ne t'en fais pas, en rentrant, je travaillerai trois fois plus, jusqu'à ce que je te l'aie entièrement remboursé, lui murmura la vieille dame.

Des larmes montèrent aux yeux de la jeune fille. Dire qu'elle ne s'était jamais rendu compte du fait que, derrière le naturel un peu bougon de la vieille dame, se cachait un bon cœur de jeune fille! Berma avait été si occupée à se priver de tout qu'elle ne s'était même pas aperçue de ce que les vieilles dames luttaient, elles aussi, en se privant de distractions. Peut-être que ça n'était pas très sain, après tout, de se refuser continuellement tout plaisir.

A sept heures, Berma accrocha la pancarte « fermé » à la porte du magasin.

– Que t'arrive-t-il? demanda Jake en levant enfin le nez de la caisse enregistreuse.

– On ferme tôt, ce soir, et on fête le départ de notre petite amie! D'accord?

Jake porta le dos de sa main au front de la jeune fille.

– Tu as de la fièvre?

Berma jeta son tablier sur le comptoir, en criant presque :

– Pas encore, mais la nuit ne fait que commencer!

Jake sourit.

– Voilà qui me plaît.

– Il faut qu'on achète des tas de trucs. Du champagne, et des chips, et des choses...

– Et qu'on engage un orchestre!

– Toi, ça suffit. Tu en as assez fait pour aujourd'hui, avec le billet que tu as offert à Alex.

– Ça, c'est toi qui le dis.

Berma fermait la porte derrière eux.

– Tu nies?

– Ni ne nie, ni n'admets, se moqua-t-il gentiment.

– Tu achètes le gâteau, et moi le reste. Essaie de leur faire écrire quelque chose dessus, du genre...

– Chez Groman, en face?

– Oui, je me charge du champagne et je te rejoins.

Une demi-heure plus tard, quand Berma arriva à la voiture, Jake était déjà assis à la place du passager, une boîte en carton posée sur les genoux.

– Attends de voir le gâteau. Monsieur et Mme Kowalski se sont disputés et elle a annulé leur fête, pour leur vingt-cinquième anniversaire de mariage.

– C'est leur gâteau?

– Oui. J'ai fait une très bonne affaire. Tu conduis?

Quelques minutes plus tard, la voiture se dirigeait vers la maison de Jake.

– Tu as vu le sourire d'Alexandra, ce matin? Elle avait l'air d'une petite fille au matin de Noël. Jamais elle n'avait espéré que pareille chose puisse lui arriver. A côté de ce sourire-là, les pizzas avait un air de tristesse, aujourd'hui!

Jake lui caressa sa joue puis sa main, remontant derrière l'oreille, s'aventura dans les boucles blondes de la jeune fille et dans son cou.

– Toi aussi tu aurais besoin de bonnes surprises. Une croisière ferait peut-être l'affaire... peut-être que pour notre lune de miel...

« Lune de miel? » La voiture fit quelques écarts et buta contre le trottoir – le gâteau, sortant comme un diable de sa boîte, sauta à la tête de Jake. Berma réussit enfin à reprendre le contrôle du véhicule, mais la pâtisserie avait fini, face contre terre, sur les pieds de l'homme. Berma regarda d'abord les chaussures de Jake, puis son visage tout blanc, en se retenant difficilement de rire.

– Mon Dieu! parvint-elle à articuler.

Jake préleva un gros morceau de gâteau sur sa jambe de pantalon et le goûta.

– Pas mal...

Berma se pencha et goûta à son tour.

– Mmm, cette couche de cerises!

– En tous les cas, je ne sais pas ce qu'il en est du reste, mais pour ce qui est de commander un gâteau, Mme Kowalski s'y entend.

– A propos, tu as bien dit lune de miel?

– Oui. Je te l'ai toujours dit. Des enfants, des chiens, une femme... Pas forcément dans cet ordre, d'ailleurs... Mmm, ce gâteau, quel délice!

Il lui en offrit un morceau, prélevé sur le tableau de bord.

– Il faut que tu essaies ça. Tiens, regarde, c'est plein de chocolat.

– Est-ce que tu es sérieux?

– Je ne plaisante jamais avec la nourriture.

Les yeux de Berma se contractèrent nerveusement.

– Tu es sûr de ne pas oublier un petit détail?

– Tout bien réfléchi, si, tu as raison. Pour le chien, je ne sais pas quelle race...

– Et moi, et mon opinion, qu'est-ce que tu en fais?

Jake lécha ses doigts pleins de gâteau.

– Qu'est-ce que tu répondrais si je te demandais de m'épouser?

– Non!

– Exactement. Voilà pourquoi j'ai décidé que, pour l'instant, il valait mieux rester dans les parages, essayer de me faire apprécier, et aimer si possible; en somme, me rendre indispensable.

– Je... tu...

– Oui?

Dès que la voiture serait arrêtée, Berma lui nouerait les mains autour de la gorge et elle serrerait, serrerait... La voiture pénétra dans le garage et tout à coup, Berma n'eut plus confiance en ses mains. Elles l'avaient déjà trahie auparavant. Ne feraient-elles pas la même chose, cette fois? Imaginez qu'elles aillent – au lieu de le serrer à la gorge – errer dans le cou de l'homme, ou bien, pire encore, sous sa chemise, jusque dans les boucles de son torse? Et cette sensation, dans son corps, quand Jake avait parlé de mariage? Non, décidément, mieux valait ne pas étrangler l'homme que l'on est destiné à épouser...

Jake levait les pieds avec précaution.

– Si je me débrouille bien, le gâteau devrait rester sur mes pieds.

Berma sortit de la voiture à son tour, muette. Soudain, un petit rire sortit de sa gorge, à son insu.

– C'est de moi que tu ris? demanda Jake, planté sur le parking, le visage et les pieds pleins de gâteau.

Le rire de la jeune fille redoubla.

– Non. Tu te fais des idées... Non, pas du tout.

Berma rentra dans la cuisine et déposa son sac de courses sur le comptoir, sous les yeux écarquillés de Jessie.

– Déjà là? Oh, mon Dieu. Qu'est-ce qui a bien pu arriver, cette fois? Un autre incendie? Un meurtre?

– J'ai décidé de fermer tôt, c'est tout.

– Tu ne fermes jamais tôt. Quelque chose est arrivé et tu ne veux pas me le dire. Le gaz! Une bouteille de gaz a explosé!

Nerveusement, Berma commença à remplir de chips un grand saladier.

– J'ai fermé tôt, c'est tout! Qu'est-ce que vous avez, tous? Je ne vois pas ce que ça a de...

Mais Berma fut interrompue par l'entrée de Jake.

– Qu'est-ce que c'est que ça?

– C'est du gâteau. Et dessous, il y a Jake.

– Mais comment s'y est-il pris?

– C'est un accident. Le gâteau est tombé sur lui, en quelque sorte. Mais que cela ne nous empêche pas de nous amuser. J'ai décidé de faire une petite fête, en l'honneur d'Alexandra. Voilà le champagne.

Le visage de Jessie s'épanouit en un large sourire.

– Quelle bonne idée! Je vais chercher les filles, elles sont là-haut en train de jouer avec les vêtements de notre voyageuse.

Quelques instants plus tard Alexandra fit son apparition, cachant mal un sourire de satisfaction.

– Alors? Qu'en pensez-vous?

Elle portait une jolie robe bleue à col marin, bordée de deux filets blancs, avec une chemise blanche et des chaussures assorties. Ses cheveux courts étaient lissés sur les oreilles, d'où pendaient deux petites perles blanches.

– Je suis allé chez le coiffeur. Vous trouvez que c'est une bonne idée?

– Alexandra, tu es magnifique! lança Berma en s'accrochant au cou de la vieille dame. Voilà qui est beaucoup mieux qu'une nouvelle Jeep. Et le coiffeur! Quelle merveille...

Jake se cala une bouteille de champagne sous le bras et se saisit d'un plateau sur lequel était disposés les verres.

– Berma, tu t'occupes des amuse-gueule? Allons nous installer dans le salon, nous serons plus à notre aise pour apprécier les achats d'Alexandra.

– Il y a même un maillot de bain. Je dois dire

que dedans, elle ne s'en tire pas trop mal... pour une pauvre vieille dame! critiqua Jessie.

– Je ne suis pas si vieille que ça, protesta Alexandra. Et puis je me suis toujours soignée. Je suis comme neuve!

Berma était allongée sur le canapé profond, où elle jouait avec son verre de champagne vide. Jake glissa le bras sous les épaules de la jeune femme.

– Maintenant que nos trois amies sont couchées, il est temps pour nous d'avoir une bonne discussion, tu ne crois pas?

Le silence de Berma montrait bien qu'elle n'avait aucune envie de discuter. Elle tendit néanmoins son verre à Jake.

– Tu es sûre que tu en veux encore? demanda celui-ci en s'exécutant. Tu as l'air légèrement...

Berma, en guise de réponse, avala son verre d'un trait – elle cligna plusieurs fois des yeux quand l'alcool lui tomba dans son estomac. A vrai dire, elle ne buvait jamais, à part de l'eau, et parfois du jus d'orange.

– Qu'est-ce que tu veux dire p... par là? Tu vois bien que je tiens l'alcool, comme une grande!

Jake sourit.

– Et la dernière fois que tu as bu du champagne, c'était quand?

Berma se gratta la tempe, comme pour s'aider à la réflexion.

– Au mariage de mon cousin Jamie. J'ai porté un toast à la mariée, et puis j'ai été malade.

– Tu ne vas pas être malade, n'est-ce pas?

– C'était une into... intoxication alimentaire! Le poulet était avarié... Ou les dragées, je ne me le rappelle plus... Enfin, quelque chose de contanimé!

Elle rit.

– J'ai dit contanimé? C'est drôle, fit-elle tout en parcourant de ses doigts les boutons de la chemise de Jake. Tu sais, il faut parfois que je m'asseye sur mes mains, tant j'ai envie de te déshabiller.

Jake leva les yeux au ciel.

– Elle est folle. Je l'ai enfin à moi toute seule et elle est aussi folle que soûle.

– Bien sûr que je suis soûle. Tu veux en profiter?

Il la regarda en silence.

– Alors? insista-t-elle?

– J'y pense.

– Eh bien! Quel emportement, quelle fougue, quelle passion!

– Je ne peux pas, soupira-t-il.

– Bien sûr que si, tu peux. Tu veux que je te montre?

Elle s'installa entre les bras de Jake, lui ouvrant le col de la chemise.

– La première chose à faire, c'est de te déshabiller.

– Arrête! Personne ne se déshabillera!

– Ne sois pas si timide. Ça ne sera pas la première fois que je te verrai nu. Enfin, entièrement, si, mais...

– Et si... si j'allais faire du café?

Berma défit le dernier bouton de la chemise et passa la main sur le ventre de Jake.

– Quel joli corps vous avez... Quand je pense que je vous voyais bossu!

Elle écarta les pans de la chemise et posa la joue sur la peau nue de son ami.

– Comme des miettes de pain...

– Mmm? fit Jake, tout en essuyant quelques gouttes de sueur qui perlaient à son front.

– Tu ne te souviens pas? Hansel et Gretel... « Ils suivirent les miettes de pain qui les menèrent à la maison en pain d'épice... »

Ce contact contre sa joue était si bon... Elle ne put résister à l'envie de frotter les lèvres contre sa peau, déposant des baisers humides, de plus en plus bas...

– Oooh... La ceinture de ton jean m'empêche de continuer, regretta-t-elle. J'allais jus... justement...

– Berma!

– Mmm?

– Je crois que nous devrions te mettre au lit!

Les yeux de la jeune femme se fermèrent presque.

– Non, pas maintenant, je suis trop fatiguée...

Il la remit sur ses pieds, mais les genoux de Berma cédèrent bien vite sous son propre poids.

– Plus de genoux! murmura-t-elle en retombant contre lui. Où sont passés mes genoux?

Jake la prit dans ses bras et la porta jusqu'à l'escalier, mais dès la première marche, la tête de la jeune fille cogna contre le mur et son pied se coinça dans la rampe.

– Voilà ce que je me suis toujours demandé. Pourquoi cela n'arrive-t-il jamais aux héros de cinéma?

Jake la déposa sur une marche de l'escalier, calant sa tête contre le mur, le temps de repérer le parcours qu'il allait devoir franchir en la portant. Puis, décidant d'employer les grands moyens, il la remit debout et, se penchant, la chargea sur son dos comme un vulgaire sac de pommes de terre.

– Oh non! se plaignit Berma alors qu'il la jetait sur son lit. J'ai le vertige...

Elle passa une jambe par-dessus l'autre, jusqu'à ce que son pied touche le sol.

– C'est mieux...

– Chérie, tu ne pourras pas dormir comme ça...

– Pourquoi? murmura-t-elle en glissant lentement sur le dessus-de-lit, jusqu'au plancher.

– Voilà pourquoi.

– C'est très gênant, je n'ai jamais été soûle comme ça... Je n'aime pas...

Jake la mit gentiment au lit puis il resta à côté d'elle en lui caressant les cheveux.

– Pauvre petite Berma...

– Ça va mieux maintenant... Je vais dormir.

Berma entrouvrit ses yeux et aperçut Jake, devant elle.

– Est-ce qu'il y a toujours autant de lumière, le matin?

– Comment te sens-tu?

– Mes yeux sont des œufs sur le plat, et mon ventre une piste de danse...

– Tu veux déjeuner?

– Je ne vois pas comment.

Jake regarda sa montre.

– Je vais devoir accompagner Alexandra au bateau. Je déposerai Jessie et Eléna à la *Boîte à Pizzas*. Tu peux prendre ta journée.

– Jessie et Eléna ne peuvent pas faire les livraisons.

– Il n'y a pas de livraisons le dimanche.

– Depuis quand?

– Depuis aujourd'hui. C'est une nouvelle règle que je viens d'inventer.

Une nouvelle règle? Quel culot! Alors maintenant, il allait régir ses affaires? Elle s'assit dans son lit.

– Écoutez, Jake Sawyer! s'écria-t-elle.

– Oui?

Soudain, elle ne se sentait pas très bien. Sur la piste de danse, l'orchestre jouait une valse lente, de plus en plus rapide et plutôt dissonante. Elle se cacha la bouche d'une main et de l'autre, repoussa les couvertures.

– Je crois que je vais être malade.

Elle claqua la porte de la salle de bains et appliqua sa tête contre le carrelage froid.

– Berma... Ça va?

– Non, je suis malade.

– Je peux t'aider?

– Je ne crois pas. Ce genre d'activité ne requiert aucune assistance particulière.

Quelques minutes plus tard, Berma reparut, très digne, une serviette humide enroulée autour du front.

– Je retourne au lit... pour mourir. Pas de livraisons le dimanche, cela me semble une règle absolument géniale, à adopter immédiatement...

Voilà, c'est fait, ajouta-t-elle, une fois recouverte par les draps.

– Je serai bientôt de retour, dès que je me serai débarrassé d'Alexandra, la rassura-t-il en bordant Berma une dernière fois.

– Ne te presse pas. Je ne bouge pas d'ici, j'ai beaucoup à faire, comme tu vois.

Berma se versa un verre de jus d'abricot puis elle resta immobile un instant, tout au plaisir du silence laissé par le départ de ses trois amies. Jake n'était pas encore de retour. Elle avait passé une bonne partie de la matinée à dormir et le reste à penser à ses projets... Les projets étaient seulement des guides, en avait-elle conclu, des lignes tracées vers un horizon idéal. Or, parfois, les meilleurs ne marchaient pas. Par exemple, elle était tombée amoureuse de Jake, follement et bien des années à l'avance. Pourtant, si elle passait ses examens de fin d'étude des années en avance, n'en serait-elle pas heureuse? Alors pourquoi en irait-il autrement de sa vie amoureuse?

« Berma, Berma, attention aux amalgames, lui disait une petite voix, tu sais bien que ce n'est pas la même chose. »

« Ah oui? lui répondait-elle. Eh bien toi, tais-toi! »

Elle s'étira longuement en pensant que son... indisposition aurait eu cela de bon qu'elle lui avait au moins permis de remplacer dans sa tête quelques mauvaises idées par d'autres, meilleures. Et elle en conclut qu'un emploi du temps trop serré et des privations continuelles, ce n'était pas la solution à tous les problèmes.

– Finies les privations s'écria Berma en se saisissant d'une cuiller en bois.

D'un trait, elle finit son jus d'abricot et se mit joyeusement à la recherche des ingrédients nécessaires à la préparation de son dessert préféré : la charlotte aux fraises.

Berma était si absorbée, dans sa cuisine, qu'elle n'entendit pas la voiture de Jake entrer dans le garage. Quand elle se rendit enfin compte de son arrivée, son cœur bondit, empli d'une joie inexplicable. Calme-toi, petit cœur, ce n'est que Jake; tu te souviens? Il habite ici. Mais elle ne pouvait s'arrêter de sourire. Elle l'aimait, complètement, passionnément, ridiculement. Et elle le désirait.

La jeune femme ouvrit la porte du four et contempla son œuvre, une superbe charlotte aux fraises, prête à être dévorée. Au pas de Jake, elle comprit qu'il s'était appuyé au comptoir, les bras croisés sur la poitrine, et qu'il la regardait. Elle n'écarta pas son regard du gâteau, en même temps qu'elle s'imaginait exactement ce que Jake voyait : la jolie Berma Knudsen, légèrement penchée vers le four, en tee-shirt rayé et culotte assortie, nu-pieds sur le carrelage brillant. Elle recroquevilla ses doigts de pied, déjà submergée par le désir. La voix de Jake était très basse et très douce.

– Qu'est-ce que c'est?

– Charlotte aux fraises.

– Je peux goûter? demanda-t-il en grattant du

doigt un plat vide, sur le comptoir. C'est bon... Tu veux essayer? proposa-t-il en raclant le plat une seconde fois.

Berma posa le doigt sur sa langue et les yeux de Jake s'assombrirent instantanément. Elle lécha lentement le gâteau sur la longueur du doigt puis, regardant toujours son ami, lui fit subir des mouvements suggestifs. Les veines de Jake battaient à ses tempes et son regard chavirait lentement.

– Qu'est-ce que tu fais? arriva-t-il à articuler.

Berma prit le plat sale, le posa dans l'évier puis, ayant repris sa respiration, elle se retourna vers lui.

– J'ai très envie de prendre une douche. Avec beaucoup de savon. Tu m'accompagnes?

Elle se dirigea vers l'escalier, avant qu'il ait pu dire quoi que ce soit. Jake en fut si surpris que sa mâchoire s'affaissa. En fait, Berma était elle aussi surprise car elle n'avait jamais joué à la femme fatale, auparavant.

– Est-ce que tu as encore bu?

– Non. Mais j'ai beaucoup pensé. A des tas de choses.

Et elle commença à monter les marches en enlevant son tee-shirt, sous les yeux médusés de Jake.

La culotte rayée n'alla pas plus loin que le palier du premier étage. Jake déboutonnait sa chemise en suivant sa compagne. Quand il atteignit la salle de bains, elle était déjà sous la douche. Il laissa son jean devant la porte de verre et entra nu sous le jet chaud. Il était magnifique, pensait Berma en le regardant. Ses muscles fins, sa peau douce...

– Enfin, je te vois entièrement, souffla-t-elle en se rapprochant.

Jake lui prit le savon et la caressa lentement de ses mains lisses, depuis le cou jusqu'aux seins puis aux hanches... Son regard s'aventura longtemps dans l'agréable contemplation du corps parfait de celle qu'il aimait. Patiente, Berma le laissait faire, car elle savait qu'elle devrait attendre longtemps, comme plusieurs fois déjà il le lui avait suggéré. Il avait juré de la tourmenter au moyen des plaisirs les plus raffinés et, quand le désir se ferait insoutenable, de la faire attendre encore pour prolonger la délicieuse agonie, jusqu'à ce qu'elle le supplie d'y mettre fin.

Jake se rapprocha assez de Berma pour qu'elle pût sentir contre ses hanches la preuve délicieuse de son désir. Ses mains savonneuses jouaient avec le corps de Berma, le parcourant des épaules au cou et le long des bras minces. Puis il prit dans ses paumes les petits seins fermes et ronds de la jeune femme, en caressant le bout avec douceur.

– Tu aimes cela?

Elle pouvait à peine respirer, maintenant... De toute façon, le verbe aimer aurait été un peu court pour exprimer ce qu'elle ressentait, la qualité et l'intensité de ses caresses, de ses seins tendus vers lui... Elle prit le savon des mains de son amoureux et en enduisit le corps de Jake, ses bras, son buste, son dos... Elle refit les mêmes gestes que lui, éprouvant son habileté à lui donner du plaisir et, comme lui, repoussant sans cesse le terme de leur étreinte. Elle l'aimait et, quoi qu'ils puissent faire ensemble maintenant, leur amour en sortirait grandi. Elle se sentait sienne à jamais et le mariage n'y changerait rien, elle le savait.

Ses lèvres s'ouvrirent au baiser, un baiser tendre et velouté, et qui devint fougueux au moment où les mains de Berma descendirent le long du ventre de Jake. La bouche de la jeune femme s'ouvrit alors plus grand et le baiser devint si violent que le désir de Berma atteignit ce qu'elle crut un moment être son point culminant. Mais les mains de Jake descendirent le long de son dos et envahirent le jardin secret de Berma, le visitant longtemps. Berma entendait vaguement Jake, qui accompagnait ses caresses de mots magiques qu'elle ne comprenait pas car elle était submergée par les vagues de plaisir qui déferlaient en elle à chaque instant.

Jake la porta jusqu'à son lit et s'allongea juste derrière elle. Il lui embrassa le cou, les épaules, les seins, le ventre et l'intérieur des cuisses, à la recherche du plaisir, de son propre plaisir, et puisa à sa source...

Mais Berma le voulait tout entier, entre ses bras, en elle. Et soudain il fut là, torse contre poitrine, hanches contre hanches. Un petit cri s'échappa de la bouche de la jeune femme.

– Berma, tu es si douce, si chaude...

Il remuait maintenant lentement en elle et son murmure devint à peine intelligible.

– Je t'aime, Berma, je t'aime...

Berma ne savait pas que l'acte amoureux pût atteindre un tel paroxysme. Elle l'avait espéré, elle en avait rêvé, aussi. Elle l'avait senti dans son cœur, mais jamais à ce point. Couleurs, sons, accords... Harmonie. Désir de donner du plaisir, volonté de le recevoir, sans la crainte d'être vulnérable. Ça n'était pas s'aimer, c'était... l'amour. L'union de deux êtres dans la multiplication de leurs forces.

Berma cambra les hanches et ensemble ils scellèrent leur union dans l'alchimie de leurs désirs, confondus en une seule et même force qui les retiendrait toujours ensemble, à jamais, éternelle.

Des heures plus tard, Berma s'étirait, à la recherche de la chaleur de Jake. Maintenant qu'elle s'était décidée à ne plus se passer de sa merveilleuse compagnie, elle en voulait encore et encore... Jake ouvrit les yeux et attira Berma au-dessus de lui, embrassant ses lèvres et son cou.

– Mon Dieu! s'exclama-t-il tout à coup, tu sais l'heure qu'il est?

Berma, sans rien dire, promena sa main vers les hanches de l'homme. Jake, voilà ce qu'elle voulait. Sur elle, en elle, criant son nom, la suppliant... Mais Jake se dégagea et, attrapant son jean, il l'enfila à la vitesse de l'éclair.

– Jessie et Eléna! Elles ont passé toute la journée à la *Boîte à Pizzas!*

Berma soupira de ce départ précipité; inexplicablement, son cœur avait rapetissé et il lui faisait mal.

– Il faut que tu t'en ailles maintenant? Tu ne peux pas rester dix minutes de plus?

– Non. Ça fait une heure qu'elles m'attendent!

Berma se sentit retomber en enfance, dans un état de désespoir boudeur et inutile. Bien entendu, il avait raison, mais elle ne s'en sentait pas moins rejetée et malheureuse. La jeune femme se drapa dans le drap blanc pour cacher sa nudité et s'envola vers la salle de bains, avec, en tête, le regret de n'avoir même pas su, pour mettre fin à quatre années de célibat, se trouver un homme qui aurait eu le temps de s'occuper d'elle. Elle se tint un court instant devant la glace avant de partir d'un grand rire, au nez de son propre reflet. Elle était ridicule. C'était l'amour. L'amour l'avait rendue folle.

8

BERMA s'enfonça dans le canapé et commença à jouer avec la télécommande, passant de chaîne en chaîne, furieusement.

– Une heure moins le quart, grommela-t-elle en regardant sa montre.

Les trois dames dormaient paisiblement en haut. Le chat somnolait, roulé en boule devant le four. Tout le monde dormait, sauf Jake et elle... Elle l'avait trouvé attendrissant lorsqu'il avait été frappé par un éclair de créativité, en plein milieu du dîner, et qu'il l'avait quittée pour foncer à la cave. Mais maintenant, il était presque une heure... Elle inspira un grand coup et se persuada de rester calme. Après tout, Jake s'était entièrement dévoué, depuis deux semaines, à la *Boîte à Pizzas* et il fallait bien qu'il travaille, lui aussi. Il était chimiste. Inventeur.

Mais pourquoi diable ce soir? Et comment pouvait-il la laisser seule après l'après-midi de rêve qu'ils avaient passé ensemble? Pour la première fois de sa vie, Berma avait réellement aimé un homme, et son monde avait basculé. Elle s'attendait à ce que sa vie à lui aussi bascule.

– Elle a bien basculé, grogna-t-elle. Mais dans la mauvaise direction. Il n'a qu'une envie, c'est de s'éloigner de moi... Mais non, songea-t-elle.

Elle éteignit la télévision et monta se coucher.

« Les hommes voient le monde différemment, voilà tout. Ils sont plus détendus... Ce sont des bêtes! » pensa-t-elle, à nouveau furieuse.

Elle se jeta sur le lit et se couvrit la tête d'un oreiller.

« Ça va passer. C'est la joie qui me rend comme ça. Je n'aurais jamais dû faire cette charlotte, aujourd'hui. Je ne suis plus habituée... »

Trois heures plus tard, Berma se tournait et se retournait toujours dans son lit. Qu'avait-elle donc? Elle aurait dû être épanouie et calme.

Six heures plus tard, Berma ouvrit l'œil pour découvrir Jake qui avançait sur la pointe des pieds et ramassait ses affaires.

– Jake? Que fais-tu? Viens te coucher, ronronna-t-elle.

– Je ne peux pas, il faut que j'arrive tôt à l'école, aujourd'hui. Mais je ne trouve pas mes chaussures, dit-il en cherchant sous le lit. Ah! Les voilà, triompha-t-il.

Après avoir donné à Berma un petit baiser sur le front, il quitta la pièce. A nouveau seule, Berma soupira. Une larme lui roula sur la joue. Elle ne voulait pas s'affoler, mais cette situation lui rappelait étrangement son mariage. Elle s'habilla et descendit déjeuner.

Le soir, Berma gara la voiture de location dans le garage et contempla solennellement la maison.

La voiture de Jake était déjà là et la maison entièrement illuminée.

– Ça ne va pas, Berma? s'inquiéta Eléna en lui ouvrant la porte.

– Je suis fatiguée, mais ça va.

– Je sais ce que tu as. Tu n'es pas dans ton assiette parce que Jake n'est pas allé travailler, cet après-midi. Mais tu ne devrais pas t'en inquiéter. Il a téléphoné pour dire qu'il avait bien des choses à faire.

– Oui, je sais, dit Berma en haussant les épaules. Je suis sotte.

– Oui, tu es sotte.

– Allez, venez, Eléna. Soyons gaies!

Jake était assis à la table de la cuisine lorsqu'elles arrivèrent.

– Quelle heure est-il? demanda-t-il, l'air surpris.

– Huit heures, le renseigna Eléna. Je suis tellement fatiguée que je crois que je pourrais dormir sur une planche à clous.

Lorsqu'Eléna fut repartie, Berma caressa tendrement la nuque de Jake, passa les bras autour de son cou et l'étreignit.

– Et toi? demanda-t-elle d'une voix douce. Tu viens te coucher?

– Je frise la dépression nerveuse! rétorqua-t-il. Regarde un peu ces cahiers. J'ai toute cette pile-là à corriger. Jamais je ne pourrai me rattraper.

– Tu ne peux pas faire ça demain?

– Demain, j'en aurai d'autres... Ils sont formidables, ces enfants. Ils ont fait des progrès phénoménaux.

– Tu veux que je t'aide à les corriger? proposa Berma.

– Non, merci. Il faut que je le fasse moi-même.

Berma vida le contenu de son sac de provisions, rinça quelques assiettes et se retourna vers lui.

– Je vais aller me coucher, annonça-t-elle.

Ni Jake ni la cuisine ne lui répondirent et elle monta l'escalier la tête basse. Elle n'avait plus envie d'être gaie... Elle s'allongea sur le lit et ferma les yeux, en laissant couler ses larmes. Qu'avait-elle donc? Pourquoi tombait-elle toujours sur des hommes qui ne savaient pas l'aimer? Peut-être était-elle trop exigeante... Berma se sentait ridicule mais n'y pouvait rien. Il lui aurait fallu être rassurée, que Jake lui dise que ce qu'ils avaient vécu était merveilleux, qu'il l'aimait...

Le lendemain matin, Eléna attendait Berma à la table de la cuisine.

– Ciel! s'exclama-t-elle. Hier, déjà, tu n'étais pas belle à voir, mais aujourd'hui tu bats tous les records! Tes yeux... On dirait des tomates.

– J'ai eu une insomnie.

– Jake n'était pas formidable non plus. Il est parti il y a une heure environ, la cravate de travers et les cheveux dans tous les sens.

– Il a dit quelque chose à mon propos?

– Non. Il n'a marmonné qu'une seule chose: Eric Bauer va redoubler s'il n'apprend pas à écrire proprement.

– Je vois, fit Berma en sortant une tarte aux pommes du réfrigérateur. J'ai bien réfléchi. J'ai décidé de ne plus être amoureuse. Ce n'est pas agréable. Je préfère de loin manger.

Berma claqua la porte de la *Boîte à Pizzas* derrière elle.

– Ça suffit! lança-t-elle en jetant ses livres sur le comptoir. Tu sais ce que c'est, ça? demanda-t-elle en brandissant une feuille. Voilà ce qui arrive quand on tombe amoureuse. C'est un examen raté. Tant pis pour l'histoire de l'Art.

– Tu m'avais dit que tu ne l'étais pas, amoureuse, lui rappela Eléna en s'essuyant les mains à son tablier.

– Je ne l'étais pas. Enfin... je ne le suis plus. Je savais que cela allait arriver. Il n'y a pas assez de place pour Jake Sawyer et pour Vincent van Gogh dans ma petite tête. J'avais si bien travaillé... Mais je l'aime trop. Une vraie passion... sauvage, ajouta-t-elle après s'être laissée tomber sur un tabouret.

– Sans blague? s'étonna Eléna, les yeux écarquillés.

– Sans blague. J'en suis folle..., se lamenta Berma. Mais pas pour longtemps. A partir de cet instant précis, je cesse de l'aimer!

– Je pensais que ce matin, déjà, tu ne l'aimais plus.

– Oui, mais maintenant c'est pour de bon.

A onze heures, ce soir-là, Berma fixait distraitement le dos de Jake, penché sur une nouvelle pile de cahiers. Elle savait que tout était fini et aurait voulu s'enfuir en courant, au bout du monde, mais où en trouver la force? Jake bâilla, en faisant pivoter sa chaise pour scruter le visage de Berma.

– Tu m'as l'air bien sombre, aujourd'hui.

Berma haussa les épaules. Le vide qui l'avait envahie la laissait muette. Elle partit sans un mot, espérant, tout au fond, qu'il la suivrait. Mais il ne broncha pas. Il se repencha sur ses cahiers en la saluant d'un vague signe de la main.

Berma enleva la serviette de sa tête, libérant ses courtes boucles humides et blondes. Des bruits venant de la cuisine lui firent penser que Jake devait être arrivé pendant qu'elle prenait sa douche. Seul Jake pouvait faire tant de bruit dans la cuisine.

– Trop de femmes, ici, grognait-il. Tout ce que je voulais, c'était une pizza! Voilà où ça m'a mené! Elles n'arrivent même pas à se décider pour ranger les casseroles deux fois de suite au même endroit.

Tout ce qu'il voulait, c'était une pizza! Il ne s'en était pas caché, ces derniers temps. Il ne lui avait pas adressé la parole depuis dimanche dernier. Berma tira sur son jean, en se jurant de ne jamais plus aimer un homme. Elle tenta de boutonner son pantalon, mais en vain.

– Zut!

Elle retint sa respiration et essaya de nouveau, toujours sans succès. Berma se regarda dans la glace. Elle était grosse! Par la faute de Jake Sawyer! Elle avait voulu de l'amour, elle avait dû se contenter de nourriture et maintenant, elle était énorme. Abandonnant le bouton, elle enfila un tee-shirt, étonnée de la façon dont il épousait sa poitrine. Elle pencha la tête et observa l'effet : elle avait de ces rondeurs!

Jake apparut sur le pas de la porte.
– Ça va?
– Mon pantalon, non. J'ai trop mangé de charlotte, ces temps derniers.
– J'espère que ça ne te coupera pas l'appétit. J'ai préparé un dîner fabuleux pour ce soir.
– Tu as préparé le dîner? répéta Berma.
– En fait, je l'ai acheté tout prêt.
En arrivant dans la salle à manger, tous deux s'arrêtèrent net, horrifiés. Berma reprit ses esprits la première.
– Il y a un chien sur la table!
L'animal ressemblait à un bouddha poilu. Assis au milieu de la table, il les regardait en remuant la queue.
– Je voulais que ce soit une surprise.
– C'en est une! fit Berma en ramassant un plat. Il est censé être vide, ce plat?
– Non, il est censé être rempli de bœuf bourguignon. La chienne a mangé notre dîner!
– Et ce panier? demanda Berma.
– Le pain!
Berma étouffa un fou rire.
– J'ai du mal à croire qu'un chien si petit ait pu avaler tout cela.
– Regarde son ventre! On dirait un ballon sur pattes.
– Il n'a laissé que les petits pois.
Jake enleva le chien de la table et caressa son poil brillant.
– Je ne pensais pas qu'elle pourrait s'échapper du panier...
– Tu veux dire cette chose pleine de trous? demanda Berma.

– On devrait l'appeler Requin. Tu as déjà eu un chien? demanda Jake.

– Ou bien Calamity Jane. Non, et toi?

– Non. Cela faisait partie de mes projets. Des chiens et des enfants se courant après.

– Mais où caches-tu les enfants? demanda Berma en riant.

– Les enfants viendront en dernier. C'est la partie la plus amusante, parce qu'il nous faut les faire à deux, répondit Jake avec un sourire jusqu'aux oreilles.

– Il nous faut les faire? Nous?

– Oh, regarde! Ton chien vient de vomir sur mon pied.

– Mon chien? répéta-t-elle sans cacher son plaisir.

– Ça n'arrive qu'à moi, se lamenta Jake. Jamais le chiot de Robert Redford ne lui vomit sur le pied quand il essaie d'être romantique.

– Romantique? demanda Berma, faussement sceptique.

– C'est le week-end, j'ai rattrapé mon retard, et je pensais que nous pourrions refaire connaissance.

« Refaire connaissance? Le mufle! » songea Berma, furieuse.

Elle avait pleuré toute la semaine, elle avait mangé sans arrêt, et voilà que monsieur voulait « refaire connaissance? »

– Tu as été si douce et si compréhensive, cette semaine..., la complimenta-t-il en lui caressant les cheveux. Tu ne peux pas t'imaginer le mal que j'ai eu à corriger ces cahiers jusqu'à des heures insensées, la nuit. Je n'avais qu'une envie : tout abandonner et te rejoindre dans le lit. Mais je ne pouvais pas laisser tomber les enfants.

Berma se sentit rougir.

– Non, euh, effectivement, dit-elle faiblement.

– Mais maintenant que j'ai rattrapé mon retard, je voulais faire quelque chose d'extraordinaire. Un dîner romantique en tête-à-tête, et puis...

Berma ne savait plus que penser. Comment avait-elle pu être jalouse de tous ces enfants? Mais malgré elle, le sentiment d'avoir été rejetée assombrissait encore le tableau.

– Va prendre ta douche, suggéra-t-elle. Pendant ce temps, je vais nettoyer la table.

Une fois la table nette et propre, Berma sortit avec le chiot dans le jardin. Une semaine auparavant, la campagne était grise et sans vie. Mais le mois d'avril avait fait bourgeonner arbres et plantes. Berma s'allongea à plat ventre sur le sol verdoyant en contemplant Calamity Jane qui découvrait la nature. Elle crut que le chiot allait exploser de bonheur, tant il remuait la queue et se roulait sur le dos pour jouer.

– J'ai toujours rêvé d'un petit chien noir, lui chuchota-t-elle.

Lorsque le chiot aperçut Jake qui sortait de la maison, muni d'une petite table et d'une nappe blanche, il se précipita pour lui faire la fête. Jake posa des flûtes et deux assiettes sur la table puis il alluma deux bougies et servit le champagne. Des couleurs flamboyantes jouaient à l'horizon, faisant lentement place aux ombres bleues et vertes de la nuit. Jake, pieds nus, portait un jean délavé qui épousait subtilement ses formes. Les épaules larges, sous la chemise bleu pâle, accentuaient son cou puissant. Le chiot se roula en boule et s'endormit. Jake et Berma le contemplèrent en souriant, pleins d'amour. Jake couvrit de sa main celle de Berma qui en ressentit des frissons tout le long du bras.

Soudain, elle reçut sur la tête une goutte d'eau, qui fut bientôt suivie d'une autre, et d'une troisième...

Le couple se leva et rangea le pique-nique en riant, en courant et en criant.

– Je n'ai même pas encore pu ouvrir les fenêtres de mon appartement, avec toute cette pluie. L'odeur y est intenable!

– Tu m'en vois bien content. Je suis très heureux que tu restes chez moi... Prends Calamity Jane, je me charge des affaires.

Berma s'exécuta, reconnaissante de n'avoir pas à commenter le compliment. Les émotions qu'elle ressentait étaient bien trop enchevêtrées et bien trop captivantes. Berma installa Calamity Jane sur un coussin, dans un coin de la cuisine, et le chiot s'endormit en soupirant de contentement. Jake et Berma quittèrent la pièce sur la pointe des pieds pour aller s'installer au salon. Jake ralluma les bougies et alluma un feu. Berma, pendant ce temps, cherchait un disque d'Invisible House qu'elle posa finalement sur la platine.

– Tant pis pour le dîner. Tu veux danser? proposa Jake en ouvrant grand les bras.

Berma éclata de rire et alla à sa rencontre. Elle baissa les paupières en sentant les bras puissants de Jake se refermer autour d'elle et des souvenirs d'étreintes plus intimes lui vinrent en mémoire. Ils se connaissaient par cœur. Chacune des courbes de Berma était inscrite sur la paume de la main de Jake, tout comme le visage de Jake était à jamais gravé dans le souvenir de Berma. C'était si agréable de se sentir proche l'un de l'autre...

Berma releva à contre-cœur la tête en entendant, au dehors, des portières de voitures, des voix gaies et des éclats de rire.

Jake la regarda avec la même expression confuse.

– Tu attends de la visite?

– Non...

La porte d'entrée s'ouvrit et Eléna entra dans le salon, suivie de Micha, Jessie, Clem et d'une foule exubérante de personnes âgées.

– Jamais vous ne devinerez, gesticula Eléna. Jessie et Clem se sont mariés ce soir! N'est-ce pas merveilleux? Lorsqu'ils sont arrivés à la *Boîte à Pizzas* pour me l'annoncer, j'ai appelé quelques amis pour organiser un semblant de célébration.

Jessie et Clem mariés? La bouche de Berma s'ouvrit et elle resta un instant muette. Depuis combien de temps se connaissaient-ils? Deux semaines, tout au plus.

– Félicitations, balbutia-t-elle.

– C'est merveilleux, reprit Jake en s'approchant d'eux pour les embrasser. Berma et moi vous souhaitons tout le bonheur du monde.

– On ne dirait pas qu'elle en soit très heureuse, à la voir, remarqua Eléna.

– Elle est étonnée, expliqua Jake.

– Étonnée? répéta Berma en esquissant un timide sourire.

« Ressaisis-toi! » songeait-elle.

Berma aurait du être heureuse, mais un chat terrifié s'était logé dans sa gorge. Comment Jessie avait-elle pu se marier si vite avec Clem? Comment pouvait-elle ignorer les statistiques? Les mariages ne se terminaient-ils pas presque tous par un divorce?

– J'espère que cela ne vous incommode pas, dit Eléna. J'aurais dû vous appeler mais j'avoue avoir perdu la tête.

– Mais au contraire, Eléna. Ça me fait grand plaisir, répondit Jake en souriant. Après tout, ce n'est pas tous les jours que Jessie épouse le beau-père de ma sœur... Au fait, vous les avez appelés?

– Qui donc? demanda Clem.

– Ton fils Vincent et ma sœur, Sandrine... Laisse tomber, je le ferai, sourit Jake. Vous avez déjà assez à faire comme ça.

Trois caisses de champagne furent déposées dans la cuisine et Invisible House se remit à chanter sur la platine, à pleins poumons.

– Heureusement que je n'ai pas de voisins, commenta Jake en prenant la main de Berma pour l'amener jusqu'au téléphone. Ce n'est pas exactement ce que j'avais prévu pour ce soir...

– Tu le prends pourtant très bien.

– J'essaie de t'impressionner par ma souplesse et ma bonne humeur. Mais à l'intérieur, je crie... J'avais si bien préparé la suite de notre soirée!

Berma devina à quoi il faisait allusion et elle fut

heureuse que les événements en aient changé le cours. Elle avait besoin de réfléchir, de s'éloigner un peu de Jake.

– Eh bien, fit-elle, ça pourra toujours attendre. Nous ne pouvons poursuivre notre tête-à-tête, avec ces gens.

– Effectivement, concéda Jake, déçu.

– C'est dommage, mentit Berma. Je regrette.

– Et moi, alors? explosa Jake. J'étais tout près du but.

– De quel but? Pourquoi es-tu si nerveux?

– Parce que je suis terrifié. Je ne l'ai jamais fait, répondit-il.

« Jamais fait quoi? » se demanda Berma, confuse à présent. Pourtant, ils avaient déjà tout fait... Du moins le pensait-elle.

– Nous n'avons plus de verres, lança Eléna en passant. Superbe fête, n'est-ce pas?

– Oui, oui, formidable, murmura Jake les yeux rivés sur Berma. Nous pourrions toujours poursuivre dans la salle de bains! s'exclama-t-il, les yeux brillants.

– Oh, non, protesta Berma en se laissant guider par Jake jusqu'à la salle de bains.

Il la fit entrer et verrouilla la porte.

– Tu devrais t'asseoir, suggéra-t-il en se fourrant les mains dans les poches.

– Est-ce obligatoire?

– Euh, non. Je me rends compte que tout ceci est un peu maladroit de ma part, avoua-t-il. Je ne sais pas très bien par où commencer.

Berma sentit venir le désastre.

– Jake, ce n'est pas que je n'aime pas ta salle de bains, mais tout ça est un peu étrange.

Jake eut l'air stupéfait, puis il éclata de rire.

– Tu penses que je t'ai amenée ici pour... te sauter dessus?

– Mais non, c'est ridicule, répondit-elle en se mordant la lèvre. Euh, franchement, oui.

– La vilaine...

– Pourquoi, alors? Explique-moi!

– Pour te demander en mariage.

Berma s'assit sur le rebord de la baignoire et ferma les yeux tandis que Jake sortait de sa poche une petite boîte recouverte de velours noir et s'agenouillait devant elle.

– Berma, acceptes-tu d'être ma...?

Un coup fut frappé à la porte.

– Il y a quelqu'un! grogna Jake en ouvrant la boîte pour en sortir un brillant immense. J'aurais aimé faire ça en prenant tout mon temps, mais on s'impatiente.

Il glissa la bague au doigt de Berma.

– Berma, acceptes-tu de devenir ma femme?

Berma était bouleversée. Elle fixait sans la voir la bague somptueuse. Et si elle l'épousait? Que dirait-elle à ses enfants? Ton papa m'a demandée en mariage dans la salle de bains...

– Trop émotive? Tu ne retrouves plus ta voix? demanda Jake.

Berma ouvrit la bouche, mais aucun son n'en sortit. Son esprit était une page blanche. Il n'y avait pas de mots pour décrire le sentiment qui l'envahissait.

– Ça va? s'inquiéta Jake. Ne t'évanouis pas...

S'évanouir? C'était bien la dernière chose... Non, elle se remettait tout simplement du coup, essayant de contrôler sa colère. Elle se mordit la lèvre et, sans qu'elle en fût consciente, ses mains se crispèrent.

Jake vit le changement et recula d'un pas.

– Tu es fachée?

– Et comment! Tu sais très bien que je ne veux pas me marier.

– J'avais préparé un discours, mais...

– Je n'arrive pas à l'enlever! se lamenta Berma en tirant sur la bague qui restait bloquée sur son doigt.

– Arrête de la tordre! Ton doigt va enfler.

– Oui, et dans un instant, ce sera ton tour, répliqua Berma.

– Tu ne veux pas te marier?

– J'ai des projets.

– Mais moi aussi...

– Je connais ton projet, cracha Berma. Maison, épouse, chiens et enfants...

– Il n'y a pas de place pour ces choses-là?

– Si, céda Berma, mais...

Jake se pencha pour l'embrasser sur le bout du nez.

– Alors? Il n'y a aucun problème.

– Aucun problème? répéta Berma. Et l'amour dans tout ça?

– M'aimes-tu? demanda Jake.

Berma resta muette. Elle lui avait tendu la perche. L'aimait-elle? Oui, sans hésitation. Si elle ne l'aimait pas, elle se serait contentée de sourire gracieusement et de le remercier en refusant son offre. Mais la jeune femme l'aimait et elle était furieuse parce qu'il lui forçait la main, l'obligeant à remettre en question tous ses projets et surtout, les rendant soudain insatisfaisants. Et si elle n'était qu'un numéro sur la liste des priorités de Jake. Les enfants...

– Et toi, tu m'aimes?

– C'est moi qui te l'ai demandé le premier, dit-il en la serrant dans les bras. Mais oui, je t'aime.

Berma reconnut le ton qu'il employait lorsqu'il la trouvait sotte et le lui signifiait avec des intonations affectueuses. Dans d'autres circonstances, elle aurait trouvé ça attendrissant. Mais là, c'était vraiment mal placé. Elle ne voulait que du pur romantisme.

Un coup fut de nouveau frappé à la porte.

Jake déverrouilla et emmena Berma dans le couloir, laissant la place à une dame aux cheveux gris.

Eléna apparut soudain en les grondant.

– Que faisiez-vous?

– Nous nous fiancions, répondit Jake en soulevant la main de Berma.

– Oh! s'exclama Eléna. C'est merveilleux!

– Euh, nous ne faisions qu'en discuter, rectifia Berma. Je ne pense pas que...

– Écoutez, tout le monde! criait Eléna. Jake et Berma viennent de se fiancer.

Une jolie jeune femme brune s'approcha de Berma et lui tendit la main.

– Je suis Sandrine, la sœur de Jake. Quel soulagement de voir que Jake est enfin tombé amoureux! Nous n'y comptions plus.

– C'est vrai?

Berma s'en voulait d'en être si heureuse. Elle

ne souhaitait pas l'être. Mieux vaudrait dire à Sandrine qu'il s'agissait d'une simple erreur, qu'ils n'allaient pas se marier...

– Nous avons tous essayé de lui trouver une fiancée, continua Sandrine, mais il est terriblement difficile. Il nous renvoyait toujours en nous disant qu'il saurait lorsqu'il aurait trouvé celle qui lui convenait.

– C'est vrai, renchérit Jake en passant le bras au cou de Berma. C'est ce que j'ai toujours dit.

Un point en faveur de Jake Sawyer. Berma se dit qu'au moins, ce n'était pas pour lui un événement habituel. Elle regarda la bague à son doigt et se sentit terriblement émue.

« Je ne devrais pas m'évanouir le jour de mes fiançailles! » songea-t-elle.

9

DEPUIS le pas de la porte, Berma regardait la voiture de Clem et Jessie disparaître à l'horizon.

– Au revoir, Jessie, chuchota-t-elle.

– Pourquoi es-tu si triste? demanda Jake en lui prenant la main. Jessie et Clem vont être heureux.

Berma haussa les épaules. Si elle ignorait la raison de cette tristesse, elle se sentait prête à pleurer. Jessie était partie. Alexandra aussi. La famille adoptive, peu à peu, se désintégrait.

– Je suis idiote, n'est-ce pas?

– Oui.

– Après tout, je les reverrai, se rassura-t-elle. Lorsque Jessie et Clem reviendront de leur voyage de noces, ils reprendront leurs postes à la *Boîte à Pizzas*, comme si rien ne s'était passé.

– Oui.

– Et Alexandra rentre la semaine prochaine.

– Oui.

– Et après tout, je suis fiancée.

– Tu en parles comme on parle d'un rendez-vous chez le dentiste, observa Jake.

– Je ne voudrais pas te vexer, dit prudemment

Berma en lui faisant face, mais je n'aime pas être fiancée. Ça me barbouille.

– Et tu ne veux pas que cela me vexe?

– Je n'ai pas fermé l'œil de la nuit, se plaignit-elle. Je pensais au chien, à la maison, à ma bague, à toi... C'est un rêve devenu réalité. Tout ce que j'ai jamais désiré m'est tombé dessus, en vrac.

– Alors, où est le problème?

– Le problème, c'est que chaque fois que je regarde cette bague, j'ai mal au ventre.

– Peut-être que tu es malade? s'inquiéta Jake.

– Ou peut-être que mon corps s'efforce de me dire quelque chose.

– Tu n'es pas sérieuse, s'esclaffa Jake.

– Tu me prends pour une folle.

– J'avoue que le mot m'a traversé l'esprit, la taquina Jake.

– Où est passé ce chien? cria impatiemment Eléna en descendant l'escalier. Si je l'attrape, je le mets en compote. Regardez ce qu'il a fait! dit-elle en brandissant des lambeaux de cuir. C'était mon sac à main! Mais... Qu'est-ce que c'est que cette odeur?

– Calamity Jane a eu un accident sur la moquette, expliqua Jake en baissant les yeux.

– C'en est assez. Je ne vivrai pas dans une maison qui sent le chiot, s'indigna Eléna. J'ai d'autres projets.

– Des projets? répéta Berma, incrédule.

– Micha vient me prendre, tout à l'heure. Nous partons une semaine visiter le Grand Canyon. Je n'y suis jamais allée. Je ne voulais pas te laisser seule, mais Jake a insisté en me promettant de t'assister.

– Tu étais au courant?
– Eléna m'en a fait part ce matin pendant que tu étais sous la douche. Je savais que tu serais d'accord, répondit Jake.
– Oui, bien sûr, mais pendant l'heure du déjeuner, tu travailles. Comment pourrai-je m'en sortir toute seule?
– La personne que je remplaçais revient lundi. Je n'ai donc plus de travail.
– On ne me dit jamais rien! se lamenta Berma. Pourquoi suis-je toujours la dernière à être prévenue?
La bouche d'Éléna se fit sévère.
– Parce que tu es toujours le nez dans tes livres ou la main dans la pâte... Et que lorsque tu n'y es pas, tu es sous la douche. Tu prends tant de douches! Tu dois avoir les pieds palmés, depuis le temps.
– Une douche est une détente idéale, murmura Jake.
Un klaxon retentit.
– Ça doit être Micha. Dites-lui que je fais ma valise et que j'arrive! ordonna Eléna en montant les marches deux par deux.
– Eléna s'en va! Fais donc quelque chose, Jake.
– Je lui ai proposé de l'aider avec sa valise, mais elle n'emmène pratiquement rien.
– Je ne parle pas de ça, grogna Berma, exaspérée. Nous devons les arrêter.
– Pourquoi?
– Parce que... Pour une foule de raisons. Ils sont trop âgés. Et s'il leur arrivait quelque chose, dans le désert? Qu'est-ce qui se passera si Eléna oublie ses médicaments?

Berma s'assit sur la dernière marche de l'escalier.

« Et la vraie raison? se demanda-t-elle. Est-ce parce que j'ai peur de me retrouver seule, dans cette maison, avec Jake? Tout arrive trop vite... »

Eléna redescendit l'escalier, élégamment vêtue d'un tailleur de voyage.

– Au revoir, ma petite Berma, dit-elle en étreignant la jeune femme. Nous allons tant nous amuser!

Berma et Jake l'accompagnèrent à la porte où ils se firent leurs adieux.

– J'espère que je lui ressemblerai, lorsque je vieillirai, remarqua Berma, une fois le couple parti.

– Moi aussi!

Soudain, ils entendirent casser du verre, puis des assiettes. Le chat passa entre leurs jambes, suivi du chiot, dans une poursuite effrénée.

– Qu'est-ce que c'est que cette odeur?

– Quelle odeur?

– Tu ne sens rien? s'étonna Berma. Pourtant, c'est une odeur insoutenable! Ça me rappelle celle de... mon appartement!

– Impossible.

– Ça provient de la cave.

– J'y vais, fit Jake en disparaissant dans l'escalier noir.

Deux minutes plus tard, il remonta, haletant, affichant une expression penaude, et il referma la porte derrière lui.

– Les animaux ont joué à la chasse à l'homme dans le laboratoire, expliqua-t-il. Il n'y a rien de grave; juste quelques échantillons de cassés. Malheureusement, l'odeur persistera pendant quelques jours...

Berma serra les mâchoires et sortit de la pièce sans mot dire. Elle avait été longue à comprendre. L'odeur qui l'avait empêchée de se réinstaller dans son appartement... avait été fabriquée dans la cave de Jake Sawyer!

– S'il y a une chose que je ne supporte pas, lança-t-elle, furieuse, c'est bien un inventeur magouilleur!

– Tu es mignonne quand tu te mets en colère, remarqua Jake en la suivant.

– Je m'en vais, annonça-t-elle en claquant la porte. Je retourne dans mon appartement.

« Voilà pourquoi il ne faut jamais épouser un homme que l'on ne connaît que depuis quelques semaines, pensa-t-elle en dévalant la rue. Il pourrait s'avérer malhonnête, dépourvu de scrupules et manipulateur. Il pourrait se moquer de vous, vous ridiculiser. »

La jeune femme aurait dû écouter les appels de son corps.

Un coup de klaxon la fit se retourner. C'était lui.

– Je t'emmène?

– Non! cria-t-elle en continuant son chemin.

Elle entendait le bruit du moteur, et bientôt elle perdit patience.

– Pourquoi me suis-tu?

– Tu as oublié ta clé! répondit-il en brandissant un trousseau.

Berma rougit et tenta de l'attraper mais Jake le retira juste à temps.

– Pourquoi es-tu si fâchée?

– Tu m'as joué un tour.

– Un petit tour inoffensif, avoua-t-il. Dès le début, ton appartement ne sentait pas le pot-pourri...

– Tu m'as probablement menti sur toute la ligne. Tu es probablement déjà marié, et père de famille...

Elle remarqua alors Calamity Jane, assise sur une pile de vêtements, sur le siège arrière.

– Qu'est-ce que c'est que tout ça?

– Nos vêtements.

– Et que font nos vêtements dans ta voiture?

Jake lui adressa son plus beau sourire avant de répondre.

– Je les apporte chez toi... Puisque chez moi l'air n'est plus respirable, j'ai pensé que nous pourrions y vivre quelque temps.

– Nous? Tu veux dire toi, le chien et moi? As-tu perdu la tête?

– Certainement, oui... Allez, dit-il en ouvrant la portière, viens.

Berma lui prit des mains le trousseau et s'assit, les lèvres serrées, les yeux rivés devant elle.

– Tu ne resteras pas chez moi.

– Pourquoi pas?

– Parce que. Ça ne se fait pas.

Jake gara la voiture devant la *Boîte à Pizzas* et prit Calamity Jane sous un bras et les vêtements dans l'autre.

– Ce chien ne restera pas chez moi. Ni toi, d'ailleurs.

– Tu entends ça, Calamity Jane? Elle va nous

laisser sous la pluie. Moi qui l'ai hébergée lorsqu'elle n'avait pas de toit! Avec ses trois dames de compagnie, en plus!

– Pourquoi ne vas-tu pas vivre chez ta sœur?

– Elle est allergique aux chiens, répondit Jake.

Berma ferma les yeux et soupira, résignée.

– Bon, bon. Restez là, à la seule condition que vous dormiez dans le salon et ne m'adressiez pas la parole.

– C'est dans la poche, chuchota Jake à l'intention du chiot.

Berma ouvrit grand les fenêtres, en proie à une vague incontrôlable de tristesse. La maison n'était meublée que du minimum. Berma avait négligé son domicile, ces derniers temps.

« Et ça en valait le coup », songea-t-elle.

Son séjour chez Jake s'était avéré être des vacances, une sorte d'échappatoire indispensable. Mais tout cela était fini, maintenant. Il fallait revenir à la réalité.

Absorbée par ses pensées, elle resta immobile un long moment. Cela ne pouvait-il se résumer que par quelques semaines de vacances à la campagne? Une passade romantique? Elle tordait la bague sur son doigt et ravala ses larmes. Un court laps de temps, elle avait pris la situation pour quelque chose de plus important. Il lui fallait se débarrasser de la bague, se ressaisir.

Berma se lava les mains, essayant, à l'aide du savon, de l'enlever, mais rien n'y faisait. Elle entendit le pas de Jake dans l'appartement au-dessus et sentit son estomac se nouer. Il voulait réellement emménager ici, avec elle, dans cet appartement. A présent, elle n'avait nulle part où s'échapper.

« L'avenir s'annonçait si bien »..., ironisa-t-elle.

Et pour comble, sa colère s'était envolée au vent, remplacée par de la frayeur... qui ressemblait beaucoup à du désir!

Berma se concentra sur sa bague. Du beurre! Elle fouilla désespérément dans le réfrigérateur mais n'y trouva que des œufs et du yaourt. Elle ouvrit les placards et trouva une bouteille d'huile d'olive.

– Ah!

Jake l'observait sans cacher son intérêt.

– De l'huile? Pourquoi mets-tu ça sur ton doigt?

Elle plaça le pouce et l'index sous la bague luisante et poussa d'un coup brusque. Elle sauta, tel le bouchon d'une bouteille de champagne, pour aller se poser sur la moquette.

– Trop petite?

– Trop rapide, annonça Berma. Je ne suis pas prête pour ces fiançailles.

Jake s'approcha d'elle, lui caressa la joue et tira doucement sur une boucle blonde.

– Mais si. Tu es plus que prête.

Les yeux de Berma s'écarquillèrent et sa bouche s'ouvrit.

– Calamity Jane! Elle vient de manger la bague!

Jake regarda, sceptique, le petit chiot.

– Impossible.

– Jake! Je te le promets! Elle vient d'avaler la bague.

Jake s'agenouilla près du chiot et promena les mains sur la moquette.

– Calamity Jane, ma petite poubelle, dis moi que tu n'as pas mangé cette bague coûteuse et indigeste.

– Qu'est-ce qui va lui arriver? s'inquiéta Berma en la prenant prudemment dans les bras. Elle va mourir?

– D'abord, assurons-nous qu'elle l'a bien avalée.

A quatre pattes, ils explorèrent la moquette, en vain.

– Peut-être devrions-nous l'emmener chez le vétérinaire, proposa Berma lorsqu'elle retrouva sa voix.

– Tu as sûrement raison, concéda Jake en prenant Calamity dans les bras.

– Il y a un cabinet vétérinaire, non loin d'ici. Je passe devant en allant à l'université. Je pense qu'il est ouvert le dimanche.

Quelques minutes plus tard, Jake ouvrait la porte de la clinique et ils se retrouvèrent dans une salle d'attente bien éclairée et bien vide.

– On dirait qu'il ne se passe pas grand-chose, ici, le dimanche, remarqua Jake.

– Nous ne prenons pas de rendez-vous le dimanche, expliqua la réceptionniste. Seulement les cas d'urgence...

– Nous pensons que notre chiot a avalé une grosse bague.

L'employée caressa Calamity Jane et sourit avec sympathie.

– Je vais prévenir le Dr Pruette. Veuillez remplir ces formulaires.

– J'espère que ce Dr Pruette est habile, chuchota Berma lorsque la réceptionniste fut partie.

Nous aurions peut-être mieux fait d'aller voir un spécialiste.

– Ou un bijoutier, s'esclaffa Jake. Ne t'inquiète pas, Berma. Elle s'en remettra.

– Oui, je sais.

– Pourquoi pleures-tu, alors?

– Pauvre petite Calamity. Elle est toute petite et elle a avalé cette grosse bague.

– Tu l'aimes, n'est-ce-pas? demanda Jake en serrant la main de Berma.

– Oui. Pourquoi faut-il que l'amour fasse tant souffrir, toujours?

– Pas toujours, rectifia Jake en l'embrassant sur la tempe. Tu sais, Calamity Jane est si heureuse d'être l'objet de tant d'attentions qu'elle ne sent probablement même pas la bague!

– Tu le penses?

– Monsieur et madame Sawyer? Veuillez me suivre, s'il vous plaît. Le docteur vous attend.

Berma voulut préciser son identité à la réceptionniste, mais elle s'arrêta. Berma Sawyer. Cela ne sonnait pas si mal! Jake lui souriait de toutes ses dents. Il n'en ratait vraiment pas une.

Le Dr Pruette était un petit homme trapu qui, visiblement, aimait sincèrement les animaux. Il chatouillait Jane, tout en prenant sa température. Il examina ensuite les dents du chiot.

– Elle est en parfaite santé, commenta-t-il. En dehors du fait qu'elle avale des diamants, bien entendu... Je vais lui faire passer une radio.

Il revint dix minutes plus tard, Calamity sous le bras, et leur tendit les radios.

– Voilà la bague, dit-il fièrement en la leur

montrant du doigt sur la radio. On dirait que monsieur est fiancé à une petite chienne.

– Faut-il l'opérer? demanda Berma.

– Non, je ne pense pas, fit le vétérinaire en jouant avec Calamity Jane. La bague passera toute seule. Si vous le désirez, vous pouvez nous laisser Calamity pendant deux ou trois jours pour que nous la surveillions.

– Vous nous appellerez s'il y a un problème? demanda Berma.

Vlan! Berma travaillait la pâte à pizza avec force et énergie. Jake la surveillait du coin de l'œil.

– Tu n'es pas très grande, mais tu es forte.

Vlan! Elle battait la pâte à l'aide d'un rouleau de bois.

– C'est ainsi que je me libère de mes frustrations, expliqua-t-elle.

– Tu dois vraiment être très frustrée! Tu fais ça depuis ce matin. Tu veux savoir comment je me libère des miennes?

– Non!

– Tes frustrations sont-elles d'ordre physique?

– Non!

– Veux-tu m'en parler? demanda-t-il d'une voix douce.

Berma hésita. Que dire? Qu'elle avait peur et qu'elle était sens dessus dessous?

– Non, merci.

– Je ne veux pas te gâcher ta soirée, mais il est dix heures passées. Nous n'avons eu que trois clients et tu as préparé assez de pâte pour tenir jusqu'à novembre. Si nous fermions la boutique?

– Dix heures, déjà?

– J'ai comme l'impression que tu ne veux pas te coucher avec moi, taquina Jake.

Berma s'essuya les mains sur son tablier et commença à ranger la cuisine.

– C'est absurde, commenta-t-elle. Je ne vais pas me coucher avec toi. Nous allons nous coucher séparément. Je vais dans ma chambre, et toi... ailleurs.

– Et où donc? demanda Jake. Tu n'as même pas de canapé.

– Débrouille-toi.

Berma se sentit soudain coupable. Il avait été si gentil envers elle! Pourquoi devait-elle à tout prix le repousser sans cesse? Quelle folie! Aucune femme saine d'esprit n'aurait repoussé Jake Sawyer.

Elle afficha le panneau « fermé » dans la vitrine de la boutique et verrouilla la porte. Il lui restait justement un drap et une couverture supplémentaires. Cela devrait suffire.

Ils arrivèrent en haut de l'escalier.

– Ça sent bon, commenta Jake. Ça sent la pizza.

– Ce n'est certainement pas grâce à toi, rétorqua-t-elle sèchement.

Elle vit tout un éventail d'émotions passer sur le visage de Jake et regretta aussitôt sa remarque.

– Tu peux me donner une couverture? demanda-t-il.

Berma la sortit du placard à linge.

– Excuse-moi de ne pouvoir t'en offrir de meilleure, dit-elle d'une voix tremblante.

Elle tourna les talons avant qu'il ne puisse apercevoir les larmes qui lui montaient aux yeux et entra dans sa chambre en prenant soin de refermer la porte sur ses talons.

Pour la première fois de sa vie, Berma comprenait d'où venait l'expression : maladie d'amour. L'anxiété émotionnelle qu'elle subissait en ce moment était si intense que la souffrance presque physique lui serrait le cœur. Elle s'effondra sur le lit en pleurant.

Pourquoi fallait-il que l'amour soit toujours tellement compliqué? Pourtant, elle se considérait comme une jeune femme équilibrée, généreuse, affectueuse... Elle nourrissait aussi bien les chiens, les chats errants et les vieilles dames.

Et voilà que soudain elle se renfermait, incapable de donner, de se donner, et effrayée à l'idée d'aimer. Elle avait lu sur le visage de Jake la souffrance que son refus lui avait causé. La situation lui rappelait Calamity Jane, toute seule dans sa cage, chez le vétérinaire. La pauvre chienne devait se demander pourquoi elle subissait une telle punition.

Les lumières s'éteignirent, dans la pièce voisine, et Berma resta immobile sur le lit, essayant de se ressaisir. Jake était un homme qui aimait le risque, un homme qui écoutait son instinct.

Pour Berma, tout avait été difficile. Elle avait eu du mal à obtenir un emprunt, car elle était sans expérience et sans diplôme, armée de sa seule conviction et d'une farouche énergie. Berma enleva ses chaussures et se remémora les épreuves qu'elle avait dû surmonter. Aujourd'hui, son affaire marchait bien. Elle avait pris une décision, s'était battue pour réussir et avait fini par gagner.

« Où est passé mon audace? » s'alarma-t-elle soudain. Comment pouvait-elle, elle, une femme d'affaires accomplie, avoir si peur de prendre des risques?

Berma ouvrit alors doucement la porte de sa chambre et alla rejoindre Jake. Il dormait paisiblement par terre, illuminé par un rayon de lune.

« Est-ce ainsi qu'il faut traiter l'homme qu'on aime? » se demanda-t-elle. Elle retira de son lit l'édredon et en recouvrit Jake sans le réveiller.

Demain, elle se lèverait tôt pour lui préparer le petit déjeuner. Ensuite, elle lui parlerait. Elle n'avait pu le faire avant, mais elle venait de comprendre que, par peur d'échouer, elle s'était comportée comme une lâche.

Retournant dans sa chambre, Berma se rappela que son caractère n'avait rien de lâche.

Dès le lendemain, il lui faudrait débrouiller cette histoire et parler à Jake.

10

BERMA fut réveillée par une douce odeur d'omelette et de lardons. Elle lança un coup d'œil à son réveil. Quelqu'un qui faisait la cuisine à cinq heures du matin! Elle se passa la main dans les cheveux et enfila son peignoir avant de se rendre à la cuisine.

Jake la salua en agitant la spatule en l'air.

– Que fais-tu? s'étonna Berma.

– Le petit déjeuner. Je savais bien que l'odeur te réveillerait.

– Il n'est que cinq heures du matin. Ne pouvais-tu me réveiller vers sept heures?

– Tu sembles avoir oublié quel jour nous sommes. Ce n'est pas un jour comme les autres.

– Oui. Bien sûr, répondit-elle sans comprendre. « Mon anniversaire? La fête des rois? De quoi parle-t-il? »

Jake servit du café pour Berma, une omelette, du pain grillé et un jus d'orange.

– Il me semble que tu dois passer ton examen d'histoire de l'Art, aujourd'hui.

– Mon examen!

– Je sais que tu as étudié toute la semaine et que

le week-end t'a été un peu pénible. J'ai donc pensé que tu voudrais bûcher, ce matin, avant de te présenter, dit-il en posant le livre de Berma à côté d'elle.

Il l'avait réveillée pour la faire étudier! Berma se sentit de nouveau fondre. Un homme l'aidait à atteindre son but, il l'encourageait à la réussite... Voilà pourquoi leur mariage serait lui aussi une réussite, pensa-t-elle. Il allait tout faire pour.

– Tu as une expression assez étrange, remarqua Jake en levant les sourcils. Tu te sens bien?

– Je me sens merveilleusement bien. Je vais manger ce déjeuner délicieux et puis je vais étudier comme une damnée jusqu'à deux heures de l'après-midi. Ensuite, lorsque je reviendrai de l'examen...

– Si je ne m'abuse, il faudra alors que tu étudies l'économie.

Jake avait bel et bien raison. L'examen d'économie était pour le lendemain matin. Heureusement qu'elle ne s'était inscrite qu'à deux cours, ce trimestre... Pourrait-elle attendre le mercredi avant de le remercier à sa façon?

A dix heures, ils reçurent un coup de fil du Dr Pruette.

– Bonne nouvelle! rapporta Jake. La bague est dans l'intestin de Calamity Jane. Nous n'avons plus longtemps à attendre.

Berma partit d'un énorme fou rire. Tout allait si bien! Peut-être aurait-elle même une bonne note à son examen.

– Qui eût cru, il y a deux mois, que je m'inquiéterais autant pour un chien? demanda Jake en riant.

– Elle s'en remettra, la rassura Berma.

– Quelque chose ne tourne pas rond, ici. Normalement, c'est moi qui te rassure.

– C'est parce que je me sens très bien! expliqua Berma. Tu ne peux pas comprendre. Tout le monde ne peut pas être un « gros bonnet » de la pizza...

– C'est pourtant ce que tu désires, n'est-ce pas? Être un « gros bonnet » de la pizza? la taquina Jake.

– Non, la pizza m'importe peu, répondit Berma en plongeant de nouveau le nez dans ses livres. Ce qui m'importe, c'est le succès.

Jake l'observa un instant, puis l'embrassa sur le front.

– La pizza m'importe peu, à moi aussi. Néanmoins, je vais à la *Boîte à Pizzas*, travailler jusqu'à épuisement, dit-il d'un ton de sacrifice. Et sais-tu seulement pourquoi?

– Non. Pourquoi?

– Parce que c'est le prix que je dois payer, répondit-il, l'œil brillant, pour m'être débarrassé de ces trois dames de compagnie qui m'empêchaient de t'avoir à moi seul, et cela dans le seul but de...

Le livre d'histoire de l'Art vola, heurtant le mur dans un fracas sourd, mais Jake l'avait esquivé, il était déjà à mi-chemin de la *Boîte à Pizzas*.

Berma poussa la porte du restaurant pour rejoindre Jake derrière le comptoir.

– Si je revois une seule diapositive d'art gothique, je tombe et je ne me relève plus.

Jake s'essuya les mains à son tablier et sourit.

– L'examen était difficile?

– Je n'en sais plus trop rien. Mon esprit est en compote, affirma-t-elle en levant la main. Je ne peux même plus lâcher mon crayon.

– Pauvre Berma, s'apitoya-t-il. Heureusement que tu n'as plus qu'un examen à passer.

– Oui, heureusement.

Elle vit quelque chose bouger dans un coin du restaurant et elle se tourna vivement.

– Calamity Jane!

Le chiot vint à la rencontre de Berma, sautant en l'air et remuant la queue pour manifester sa joie.

– Elle se souvient de moi, s'attendrit Berma. Qu'elle est intelligente!

– Oui, et en plus elle est, euh..., vide.

Berma caressait Calamity. Jake soupira.

– Viens, je t'ai préparé à manger. Après, tu monteras étudier pour demain.

– Bonne idée! Je suis affamée.

– Tu n'as donc plus mal au ventre? demanda-t-il.

– Non, fini. Je ne me suis jamais sentie aussi bien.

– Mmm.

Qu'avait-il, à présent? On aurait pu croire qu'il était de mauvaise humeur. Elle avala le dernier morceau de son hamburger et se leva.

– C'était très bon. Je vais travailler, maintenant.

Vlan! Jake se pencha sur la pâte à pizza et donna un grand coup de rouleau.

« Eh bien! pensa Berma. Je ne l'ai jamais vu

dans un tel état. Peut-être se sent-il crouler sous le fardeau des responsabilités? Peut-être est-ce l'idée d'élever un chien?... Zut! Et moi qui commençais justement à me faire à cette idée! Bah, je l'aiderai à s'en sortir. Nous formons dorénavant une équipe. »

Elle lui adressa son plus beau sourire et quitta la pièce.

Quelques heures plus tard, Berma fut dérangée de ses études par le bruit sourd des pas de Jake montant l'escalier.

– Je ne pensais pas y arriver, dit-il en posant Calamity Jane dans son panier. Cette chienne refuse de se tenir tranquille.

Berma ferma son livre et se leva. Il était toujours de mauvaise humeur.

« Je ne peux pas lui en vouloir, décida-t-elle. Après tout, il a eu une journée difficile. Il s'est levé à cinq heures pour me préparer le petit déjeuner, il a travaillé pendant onze heures à faire des pizzas, et en plus, il s'est occupé de Calamity Jane. »

Il pouvait désormais se reposer. Berma s'occuperait de Calamity Jane. Elle voulait lui montrer qu'elle pouvait s'occuper d'une horde de chiots s'il le fallait. La jeune femme prit Calamity Jane dans ses bras et l'embrassa sur la tête.

– A-t-elle mangé?

– Elle a dévoré une pizza vers sept heures.

– Est-ce permis? s'enquit Berma. Après son régime de la semaine passée?

Jake lui adressa en réponse un regard noir.

– Je l'ai laissée en liberté dans le restaurant et

elle en a profité pour manger la pizza d'un client pendant qu'il était aux toilettes. Elle a même mangé la serviette.

– Autre chose? Comment va son ventre?

– Ça va. Et toi?

Apparemment, il ne tenait pas à parler de Calamity Jane.

– Moi, ça va.

– Mmm, grogna Jake en s'enfonçant dans le fauteuil avec son journal.

« Mmm? » Que voulait-il dire par « mmm »? Comment pouvait-on discuter avec quelqu'un qui ne disait que « mmm » avant de se plonger dans son journal? Elle le regarda et fut envahie par un sentiment de pure affection. Il était tout pour elle.

– Mmm, fit Jake en apercevant le sourire de Berma.

– Qu'est-ce que c'est que ces « mmm », s'il te plaît?

– Rien, trancha-t-il. Simplement, je suis heureux de te voir si heureuse.

– Ah, bon.

Il valait mieux ne pas lui adresser la parole pour le moment. Le pauvre, il devait être épuisé. Berma décida d'enfiler sa petite chemise de nuit de soie naturelle pour le réveiller...

– Je suis épuisée, bâilla-t-elle. C'est l'heure de dormir.

Silence.

– N'est-tu pas fatigué? Ne veux-tu pas te coucher?

– Je veux simplement finir de lire le journal.

« Tant mieux, songea Berma. Ça me donnera le temps de me préparer. Une douche! »

Après la douche, Berma se parfuma légèrement et enfila sa petite chemise de nuit, puis elle s'observa dans la glace. Superbe. Décadente. La chemise très courte épousait joliment la courbe de ses seins.

– Allons-y, pouffa-t-elle en ouvrant la porte pour rejoindre Jake dans le salon.

Lorsque ses yeux s'habituèrent à l'obscurité, elle découvrit, incrédule, la forme inerte de Jake allongé sur le sol. Il dormait! Le pauvre, il s'était littéralement effondré. Il ne restait à Berma qu'une chose à faire : retourner dans la salle de bains et remettre son pyjama de flanelle.

– Les hommes! grogna-t-elle en s'allongeant sur son lit, quelques minutes plus tard.

On ne pouvait jamais savoir à quoi s'attendre avec eux. Lorsqu'enfin on arrivait à les désirer, ils s'endormaient! Elle éteignit la lampe de chevet et régla le réveil sur la table. Elle regardait le reflet des phares des voitures qui passaient dans la rue en se rongeant un ongle.

– Je n'arrive pas à trouver le sommeil!

La jeune femme tenta de détendre d'abord les orteils, puis les jambes, les bras...

« Ça ne marche pas. » Il fallait penser à autre chose. A Eléna et Micha; à Calamity Jane; à Jake Sawyer... Comment pouvait-il dormir alors qu'elle le désirait tant?

Elle entendit du bruit venant du salon, puis la voix de Jake :

– Qu'est-ce que c'est? Oh, non!

– C'est Calamity Jane? cria Berma de la chambre.

– Oui, c'est dégoûtant! Pourquoi tombe-t-elle toujours malade la nuit lorsque je dors?

Quel dommage, songea Berma. Jake allait devoir se lever, prendre une douche et trouver un autre endroit pour dormir.

Jake claqua la porte de la salle de bains en crachant des injures et se présenta, quelques instants plus tard, une serviette nouée sur les hanches, au pied du lit de Berma.

– J'ai besoin d'une nouvelle couverture, annonça-t-il.

– Ça alors! Je n'en ai plus. Elles sont toutes chez toi.

– Je ne peux pas dormir là-bas. Il y fait froid et le sol est dur.

« Qu'il est mignon! »

– Alors? demanda-t-il.

– Alors quoi?

– Ne me proposes-tu pas de dormir avec toi? C'est quand même la moindre des choses. Après tout, c'est ton chien qui a été malade.

– Où est-elle?

– Je l'ai laissé dans le salon, répondit-il.

– Mmm.

– C'est tout ce que tu as à en dire?

Berma lui fit une place dans le lit.

– Bon, bon, céda-t-elle. Tu as raison pour le chiot. Et c'est vrai que tu ne peux pas dormir ailleurs qu'ici.

Elle se plaça la main sur la poitrine.

« Tais-toi, petit cœur », supplia-t-elle.

Jake se glissa sous l'édredon et se tourna pour faire face à Berma.

– Écoute, Berma..., soupira-t-il. Oh, rien...

Sur ce, il se retourna. Il y avait un os. Berma était dans le même lit que l'homme qu'elle aimait et il lui tournait le dos. C'était humiliant. Elle se tourna et se retourna dans le lit.

– Berma.

– Tu as grogné?

– Qu'est-ce que tu danses? La polka?

– Je n'arrive pas à dormir, répondit-elle. Je n'ai pas l'habitude de partager mon lit.

– Sans blague, ironisa-t-il.

Berma se releva brusquement dans le lit.

– Qu'entends-tu par là?

– Que je suis conscient du fait que tu préfères dormir seule, répondit-il en prenant l'oreiller de Berma pour le loger sous sa nuque.

– Jake Sawyer! Rends-moi mon oreiller!

– Il est à moi, maintenant, répondit-il avec impertinence.

Berma lui enleva l'édredon en gloussant et se pelotonna contre. Il n'était pas le seul à pouvoir jouer ce jeu. Jake agrippa un coin de l'édredon et tira de toutes ses forces, laissant Berma dénudée.

– Eh! protesta-t-elle. Il est à moi!

– Non. Je suis plus grand et plus fort que toi... Voilà ta moitié d'oreiller, dit-il en les recouvrant tous deux de l'édredon.

– Jake?

– Oui?

– Tu as pris plus de la moitié de l'oreiller. Tes épaules sont trop larges.

Jake se retourna et Berma s'approcha pour épouser de son corps la forme masculine, le bras autour de sa taille. Quel délice! Elle ferma les yeux et laissa échapper un soupir de satisfaction, heureuse d'avoir trouvé la position idéale pour dormir. Son souffle caressait la nuque de Jake.

– Ohh.

– Pardon? demanda-t-elle, la voix ensommeillée.

– Tu es bien, Berma?

– Oui. Et toi? demanda-t-elle en se pressant contre lui.

En réponse, Jake poussa un doux murmure et elle sentit ses muscles s'étirer. On lui releva le haut de son pyjama.

– Je suis si fatiguée que je n'arrive plus à ouvrir les yeux. Et toi?

– Je n'arriverai jamais à dormir. Pour dire la vérité, je suis de plus en plus réveillé.

Berma caressa distraitement le ventre musclé de l'homme.

– Tu devrais essayer de te détendre, souffla-t-elle.

– Me détendre? Avec ton corps si près du mien? se désespéra-t-il.

Il se retourna pour faire face à Berma.

– Il faut que je te dise quelque chose, Berma.

La jeune femme perçut son désir et elle caressa ce dos large et doux, puis l'embrassa tendrement dans le cou. Elle l'aimait, cet homme! De tout son cœur. Elle aimait la façon dont il s'enthousiasmait pour ses inventions, la façon dont il avait accueilli les vieilles dames, aussi. Il savait si bien lui remonter le moral et la réduire à sa merci, au premier regard.

– Il faut que je te dise deux choses, moi aussi. D'abord, nous allons nous aimer passionnément, chuchota-t-elle.

– Et ensuite?

Berma se mordit la lèvre et s'abandonna à l'exquise torture qu'il exerçait sur elle.

11

BERMA avait l'impression que si son bonheur croissait encore, elle se mettrait à ronronner. Quel luxe inouï que de se réveiller dans les bras de celui qu'on aime! Surtout lorsque celui-ci va devenir votre mari et le père de vos enfants... Du moins pensait-elle qu'il le deviendrait. Il n'en avait pas reparlé la veille au soir. Et d'ailleurs, en y réfléchissant, il ne lui avait pas non plus rendu la bague.

La jeune femme se pressa contre lui et écouta les battements de son cœur pendant qu'il dormait. Heureusement qu'elle avait confiance en lui! Elle ne s'inquiéterait pas de savoir s'il allait ou non reculer.

Une portière de voiture claqua dans la rue.

– Et autre chose! clama une voix forte. Ce n'est pas moi qui ronfle, c'est toi!

Eléna? Berma sortit du lit et s'approcha de la fenêtre.

– Qu'est-ce que tu fais là? demanda Eléna en la voyant. Pourquoi n'es-tu pas chez Jake?

– C'est trop long à expliquer. Et vous? Pourquoi n'êtes-vous pas sur la route du Grand Canyon?

– Il conduit comme un pied! s'exclama Eléna en montrant du doigt la voiture qui disparaissait au coin de la rue. Et je ne supporte pas la manière qu'il a de se moucher! On dirait qu'il klaxonne, conclut-elle en sortant sa clé. Je suis bien contente d'être de retour à la maison. Je vais me préparer une bonne tasse de thé.

– Je viens d'avoir un cauchemar épouvantable, dit Jake en se redressant dans le lit. J'ai rêvé qu'Eléna était revenue et qu'elle allait se faire une bonne tasse de thé.

– Ce n'était pas un cauchemar, rectifia Berma en s'habillant. Micha se mouchait trop, Eléna l'a laissé tomber. Je vais préparer du café.

– Ah, les hommes! grogna Eléna lorsque Berma apparut dans la cuisine. Ne sors jamais avec un vieillard. Ils ne vous apportent que des ennuis.

– Mais je pensais que vous vous entendiez bien...

– Oui, mais on ne connaît un homme qu'après l'avoir vu au petit déjeuner.

– Jake est formidable, au petit déjeuner, soupira Berma en préparant le café.

– Oui. Il te gâtera, celui-là.

Des voix leur parvinrent de la rue. Berma et Eléna se regardèrent et haussèrent les sourcils en entendant s'ouvrir la porte d'entrée.

– J'espère que ce n'est pas Micha, grogna Eléna. Je ne veux plus le revoir.

– Ce n'est pas Micha! s'exclama Berma. C'est Jessie et Clem. Et Alexandra, aussi!

– Je suis tombée malade, expliqua Alexandra en rangeant son manteau, j'ai cru que j'allais mourir. Jamais plus je ne pourrai manger d'huîtres... mais l'organisateur de la croisière s'est montré très généreux. Ils m'a fait hospitaliser, puis ils m'ont renvoyée ici. J'ai essayé de vous appeler pour vous prévenir, mais il n'y avait jamais de réponse.

– Et puis elle nous a appelés, sourit Jessie. Raconte-leur, pour Henri! Heureusement que nous sommes rentrés de notre voyage de noces avant l'heure, dit-elle en donnant un coup de coude à Alexandra.

– Avant de tomber malade, j'ai rencontré un homme tout à fait extraordinaire. Il habite à deux pas d'ici. Vous vous rendez compte?

– Peut-être a-t-il des amis? demanda Eléna. Je suis à la recherche d'un nouveau compagnon.

Clem se servit de brioche.

– Nicky Petrowski sera heureux de l'entendre. Il t'a vue à notre réception et t'a trouvée éblouissante.

– Oh, oui. Il était beau! s'enthousiasma Eléna.

Berma regarda sa montre et avala son café.

– Je suis désolée d'avoir à vous quitter, mais je dois aller passer mon examen d'économie.

– Je t'y dépose, offrit Jake en attrapant ses clés.

Le chemin de l'université se passa dans un silence suspect. Berma pensait à la bague... Était-elle toujours fiancée? Elle avait peur de demander. Que ferait-elle s'il disait non? Eh bien, elle s'en accommoderait. Apparement il était heureux de dormir avec elle. Peut-être que leur liaison s'arrêterait là. Peut-être l'oublierait-elle, avec le temps... Était-il possible d'oublier quelqu'un de qui on était folle? Peut-être que plus tard, il la redemanderait en mariage... Or, Berma voulait tout partager avec cet homme. Ce serait trop douloureux d'avoir à l'attendre. Elle le regarda du coin de l'œil. Comprendre pourquoi Jake s'était montré si impatient, juste au moment où il semblait avoir accepté de renoncer à elle..., quelle ironie!

Jake gara la voiture mais laissa le moteur en marche. Il fixait le volant, immobile.

« Voilà, pensa Berma. Il va me dire au revoir, que nous ne sommes pas faits l'un pour l'autre, que nous devons rester amis... »

– Berma, il me faut te dire quelque chose.

Berma se sentit envahie par un malaise oppressant. « Allez, Berma, ressaisis-toi! »

– Tu es blanche comme un linge!

– C'est l'examen. J'ai peur de le rater, expliqua-t-elle.

– Peut-être devrions-nous remettre à plus tard cet entretien?

– Euh, oui. Plus tard. Ça vaut mieux.

Berma sortit de la salle d'examen dans un état d'euphorie. C'était fini et elle avait passé les deux examens sans difficulté aucune. Si elle continuait à ce train-là, elle aurait bientôt terminé ses études.

Un bras l'arrêta en chemin.

– Pourquoi es-tu si pressée? demanda Jake.

– J'ai fini! J'ai réussi!

– Tant mieux, dit-il. J'en suis très heureux pour toi.

– Faut-il reprendre notre entretien? demanda prudemment Berma.

– Je suppose que oui, répondit-il en plongeant les mains dans les poches. J'ai deux nouvelles à t'apprendre : une bonne et une mauvaise. Je t'en parlerai à la maison.

Elle acquiesça et le suivit jusqu'à la voiture.

– Mais où est-elle? demanda Berma en arrivant devant une Ferrari rouge.

– Ça, c'est la bonne nouvelle. J'ai acheté une nouvelle voiture.

Berma s'affaissa sur le siège avant, éblouie par la beauté de ce bolide digne d'un James Bond. Ce n'était certainement pas une voiture de famille. Jake l'avait probablement acheté avec l'argent de la bague.

– Vite, rentrons, dit-elle, soudainement effrayée. J'ai hâte de connaître la mauvaise nouvelle.

– Oh, ce n'est pas si terrible que ça, l'apaisa Jake. C'est même plutôt ennuyeux, comme nouvelle. Tu détestes cette voiture?

– Comment le pourrait-on?

Jake gara le véhicule devant chez lui et il ouvrit la portière de Berma.

– La mauvaise nouvelle, c'est que... la maison sent toujours aussi mauvais.

– C'est tout?

Berma ne savait si elle voulait rire ou bien pleurer.

– Je sais que tu m'en veux pour cette histoire d'odeurs. Mais j'avais tellement peur que tu partes... J'étais tellement amoureux que je n'arrivais plus à réfléchir. Je ne pensais qu'à une seule chose : rester auprès de toi. Tu avais transformé cette grande maison vide en un foyer chaleureux. Chaque fois que je te voyais, je sentais des odeurs de pâtisserie et j'entendais des enfants courir dans l'escalier. C'est alors que j'ai mis au point mon projet. Nuit et jour, je ne voulais qu'une seule chose : toi. C'était idiot d'aller acheter Calamity Jane, avoua Jake en regardant le sol, mais elle représentait une sorte de symbole. Je voulais me rassurer que tout allait bien se passer, que tu ferais partie de ma vie, pour toujours. J'ai tout gâché! Tout!

Il se tourna vers Berma et la prit par la main.

– Berma, je t'aime plus que tout. Plus que la vie même. Je sais que cela te rend malade de porter ma bague, mais...

– Mais quoi?

– Je suis préparé à attendre, s'il le faut. Nous pourrions vivre ensemble un moment. Je ne te forcerai pas la main. Nous ne sommes pas obligés de faire des enfants tout de suite. Nous pourrions acheter un autre chien.

Remarquant l'expression horrifiée de la jeune femme, il se reprit :

– Bon, bon. Pas de chien non plus.

– C'est pour ça que tu me demandes sans arrêt des nouvelles de mon ventre?

– Dès que tu n'as plus porté la bague, tu t'es sentie mieux. Ça m'a déprimé au plus haut point.

Berma ne put retenir un gloussement, qui se mua vite en un rire généreux et impossible à réprimer. Elle étreignit Jake de toutes ses forces et l'embrassa sur les lèvres.

Lorsqu'elle le regarda dans les yeux, elle y lut un mélange d'étonnement et d'amour.

– Que j'ai été bête! lui confia-t-elle. J'ai tant de choses à t'expliquer, mais d'abord je voudrais t'aimer ici même, dans cette grosse voiture voyante...

Jake éclata de rire.

Une demi-heure plus tard, ils sortirent de la voiture et s'allongèrent sur le gazon, en proie au fou rire.

– Et voilà! Nous l'avons osé! dit fièrement Berma.

– Mon dos ne sera plus jamais le même, dit Jake. Ni la voiture, d'ailleurs. Ce soir, nous recommencerons l'opération dans un lieu approprié.

– Bonne idée, approuva Berma. Mais n'oublions pas qu'il y a une horde de vieilles dames dans mon appartement.

– Je ne t'ai pas appris la bonne nouvelle: j'ai vendu les droits d'un programme d'ordinateur que j'avais inventé pour mon neveu. Et le mois prochain paraîtra la gamme complète des «*Bêtises de Jake.*» Nous sommes modérément riches. Nous pouvons donc dormir là où nous le souhaitons, ce soir. A Juneau, au Japon, au Grand Canyon..., n'importe où.

Il la prit dans ses bras et dans son étreinte se sentait toute son affection.

– Je veux que tout soit parfait pour toi, reprit-il. Si tu désires finir tes études et devenir le «gros bonnet de la pizza», eh bien, je t'y aiderai. Mais je veux te gâter un peu, d'abord.

Berma ne le remarqua même pas lorsque Jake

porta la main à sa poche pour en sortir une chose qui scintillait au soleil.

– Ma bague! s'exclama-t-elle.

– Berma Knudsen, je te promets de t'aimer à jamais.

– Jusqu'à ce que la mort nous sépare, qu'il pleuve, qu'il vente ou qu'il neige...

Imprimé en France

par la SOCIÉTÉ NOUVELLE FIRMIN-DIDOT
Dépôt légal : mai 1989
N° d'impression : 11482